水上組曲

THE RIVER SUITE

鄭清文
Tzeng, Ching-Wen

短篇小說全集

卷1

鄭清文短篇小說全集 1

水上組曲 *THE RIVER SUITE*

作　　者　鄭清文
編輯委員　王德威　李喬　李瑞騰　梅家玲　許素蘭　陳芳明　齊邦媛（依姓氏筆劃）
責任編輯　林秀梅　陳靜惠

版　　權　吳玲緯　蔡傳宜
行　　銷　艾青荷　蘇莞婷
業　　務　李再星　陳玫潾　陳美燕　馮逸華
副總編輯　林秀梅
編輯總監　劉麗真
總 經 理　陳逸瑛
發 行 人　凃玉雲

出　　版　麥田出版
104台北市民生東路二段141號5樓
電話：(886)2-2500-7696　傳真：(886)2-2500-1967
發　　行　英屬蓋曼群島商家庭傳媒股份有限公司城邦分公司
104台北市民生東路二段141號11樓
書虫客服服務專線：(886)2-2500-7718、2500-7719
24小時傳真服務：(886)2-2500-1990、2500-1991
服務時間：週一至週五09:30-12:00・13:30-17:00
郵撥帳號：19863813　戶名：書虫股份有限公司
讀者服務信箱E-mail：service@readingclub.com.tw
麥田部落格：http://ryefield.pixnet.net/blog
麥田出版Facebook：https://www.facebook.com/RyeField.Cite/

香港發行所　城邦（香港）出版集團有限公司
香港灣仔駱克道193號東超商業中心1樓
電話：(852) 2508-6231　傳真：(852) 2578-9337
E-mail：hkcite@biznetvigator.com

馬新發行所　城邦（馬新）出版集團【Cite(M) Sdn. Bhd. (458372U)】
41, Jalan Radin Anum, Bandar Baru Sri Petaling,
57000 Kuala Lumpur, Malaysia.
電話：(603)9057-8822
傳真：(603)9057-6622
E-mail：cite@cite.com.my

書封設計　黃聖文
印　　刷　一展彩色製版有限公司

初版一刷　1998年06月

定價／280元
ISBN：957-708-596-2

城邦讀書花園
www.cite.com.tw

※本書〈苦瓜〉、〈黑面進旺之死〉原收入爾雅版《龐大的影子》一書，承爾雅出版社同意，收入本書，特此致謝。

〈總序〉

新莊、舊鎮、大水河

——鄭清文短篇小說和台灣的百年滄桑

齊邦媛

在當代台灣小說家中，很少人像鄭清文這樣沉靜地鍥而不捨地寫了四十年，而且還會寫下去。他得過一些重要的文學獎，是令人尊敬的主要作家。將近兩百篇短篇小說保持一定的品質水準，每篇創造一個中心人物，然後以淡墨和少許色彩襯托出時空與情境，累積至今，相當翔實地描繪出台灣人最眞實的面貌，是最「純粹」的鄉土文學作家，但是他從不曾參與過任何論戰，也不曾以任何方式「轟動」過文壇。自從一九五八年第一篇小說〈寂寞的心〉發表以後，他堅持做沉默的「鄉土書寫」者。彭瑞金曾以「不以花，不以果誘人，不存心引人注目，總挺立的大王椰子」在一九七七年討論「二十年來的鄭清文」的寫作態度。許素蘭在整整二十年後又以「寂寞的大王椰子」爲題，繼她一九九五年〈無聲的訊息——從靜默之處解讀鄭清文的小說〉相當詳細地分析鄭清文各期的代表作品。她結語說他的小說型態，其實是更接近「河流」而不是冰山（鄭清文頗贊同海明威的「冰山理論」，八分之七不浮現在水面上）。「表面上水波平靜，內蘊的豐美、多變、富於生機，則恰似河流之暗藏漩渦、急流、以及豐富的漁產資源，必須實際親近才能體會、發現。」這種寂寞，應是在這樣競相摧毀人生尊嚴的色情、暴力的世界裏，一種仍可執筆爲文的必須境界吧。他是進入爾雅年度小說選最多次的作家。繼麥田出版社隆重合輯六冊的全集之後，英文版的《三腳馬——鄭清文短篇小說選》亦將於今年秋季由哥倫比亞大學出版社出版。筆會季刊自一九七四年開始由殷張蘭熙和我持續英譯鄭清文小說，今得以成集進入國際文壇，甚感欣慰。

鄭清文開始寫作的時候，大約並未想到給時代做見證的使命。無論是偶然還是必然，孜孜四十年不間斷地寫下來，正無可逃避地成爲少數的完整記錄者和見證者。一九四五年日本戰敗撤出台灣的時候，以閩南語爲母語的鄭清文剛剛小學畢業，在小學與日文奮鬥了六年之後，開始練習用中文書寫。文字的遽然改變，比政治、社會的變遷帶給已經成熟的作家更大的失落感，但是鄭清文在生命的清晨，正是一個開始能充分記憶、觀察、接納、貯存的年齡，六年的日文教育增加了他閱讀世界文學的能力。他由河邊小鎮來到台北，受了完整的中學與大學教育，在公營的華南銀行四十年，結婚生子、順遂認眞地工作、陞遷、直至退休。他天生沉穩的性格在這樣平順安定的生命過程中助他發展成一個冷靜的觀察者，由一個相當安全的距離觀察這個變化多端的時代，處境微妙的台灣故鄉，種種無奈的人與事成了他創作靈感取之不盡的泉源。

即使回溯到早期的移民史，台灣這個三萬六千平方公里的島嶼也從不曾以浪漫的熱帶風情著稱，它也從不曾做過罪犯的流放地。從福建渡海來台的是來討生活的小商人和靠天吃飯的農民，世代相傳的生活態度是節儉保守，一般人的性格是樸實謹愼的。與較爲西方研究者熟知的黃春明、陳映眞和王禎和不同的是，鄭清文小說中衆多人物的愛欲、追尋、失望、悔憾和妥協較少戲劇性和繁複的糾葛，也甚少笑淚交迸的喜劇效果和諧趣。無論是敍述或嘲諷，他的聲調似是淡漠實是拙樸，筆下甚少奔放的狂喜或暴怒，抱怨與訴苦的場面亦不多。許多角色一生煎熬，在書中不過數行，靜靜敍過。這樣節制內歛的書寫風格在今日台灣文壇是很獨特的，實際上卻更適切地描繪了正在逝去的時代裏台灣人的性格。對於一個在過去百年間由數百萬增至爲兩千多萬人口的多元族羣來說，誰能用任何簡捷的語言說明什麼是台灣人的性格呢？賴和、吳濁流、楊逵、葉石濤、鍾肇政、李喬、黃春明、陳映眞、王禎和、七等生、蕭麗紅等人的小說都留下了許多鮮明的畫像，各種面貌栩栩如生，但是鄭清文兩百多篇小說，散布在四十年的漫長歲月中，他有足夠的時間觀察、思考、選擇、構想，寫出一篇篇頗有代表台灣風土的小說。

李喬主編爾雅七十二年短篇小說選時，選進〈割墓草的女孩〉。他認爲，「最正統的『鄭清文小說』，在主題趨向方面擅寫生命裏無可奈何的情境，著重悲劇過程的探討，

「得救在於自覺奮鬥，不斷成長。從深層面看社會問題，避免浮光掠影的吶喊，專事眞相的冷靜提出，他認爲人生難免要在取捨選擇中備嘗痛苦，不過卻因而呈現了生之意義」。十三歲的女孩爲了幫助做小工獨力撐家的媽媽和殘廢的哥哥，清明時到山上去爲掃墓人割墓草賺些衣食錢，一再遭到同鄉男孩的剝奪欺凌，她終於爲自救而反抗。反抗的後果如何？令讀者不免擔心，但是這自救的勇氣，即是生存的意義和莊嚴。李喬說，「筆者突然有個奇妙的『感覺』：如果孫中山先生讀到這篇小說，一定會很喜歡的。」

具有同樣生之尊嚴的奮鬥精神的〈檳榔城〉、〈秋夜〉和〈春雨〉被選入英文選集，不僅是爲了代表作者這個「正統」的態度，也是因爲他所採取向逆境反抗的策略和看似拙樸實際細緻的文字，寫景敍事處處可見象徵手法的深意。〈檳榔城〉裏的大學生陳西林，一心一意想在大學農科學點東西來改良自己故鄉的農耕成果。下田、踩稻頭，風吹日晒對他只是人生的補修學分。〈秋夜〉的月夜鄉野路的恐怖氣氛當然是在寫那奮勇獨行女子的心境。在那個大家庭時代，要有多大的勇氣才敢違反婆婆禁欲的命令！今天手操駕駛盤的新女性大約無法想像，只在幾十年前，女子對情欲的罪惡感以何種形式控制了女子的生命，鄭清文是少數眞正尊重及了解的現代男人。

他同一年的作品〈春雨〉中所追尋的生之意義又高一層境界了。

英文本選集將以〈三腳馬〉爲書名，哥倫比亞大學出版社的主編對這篇小說特別印象深刻。這個老人以餘生尋求贖罪的故事，符合希臘悲劇的定義。他曾經試過超越己身的限制，卻終被命運擊敗。在日據時代末期，他相信只有做警察，所有的人才會尊敬他，畏懼他。他幫助推行皇民化，按日本儀式結婚，還要拜他們的神，改成日本姓名爭取特權。誰知日本戰敗，在台灣的民間報復行動中，他的妻子爲他跪地贖罪而至病死……他自囚斗室，雕刻一些奇奇怪怪的東西，尤其是殘廢的馬。夢見之後他刻了一隻，「牠三腳跪地，用一隻前腳硬撐著身體的重量，牠的頭部微歪，嘴巴張開，鼻孔張得特別大，好像在喘氣，也好像在嘶叫，牠的鬃毛散亂。我再仔細一看，有一隻後腿已折斷，無力地拖著」。——在當時，台灣人稱日本人是狗，是四腳，替日本人做事的走狗，是三腳。

這一篇〈三腳馬〉無論就文學技巧、歷史意義，悲憫的胸襟而言，都是成功之作。他另一篇相似題材小說〈報馬仔〉則以嘲諷體寫一個仍沉溺在當年「光榮」回憶中的人物。對於自己在日據時代以「特別高等警察」的身分爲虎作倀的身分，不但毫無憾悔，且至今仍很得意呢。他殘餘的權威感只需爭取幾包香菸、餐劵、捲筒衞生紙即可滿足。鄭清文以看似平淡的筆墨，描繪出這樣一個委瑣、卑微、不知羞愧的人物，和寫〈三腳馬〉一樣眞切，傳達出他對那個時代台灣人處境的沉痛之感。他也以嘲諷手法寫基本人性中的脆弱、貪婪和虛誇。如〈熠熠明星〉中的老立法委員，〈花園與遊戲〉中富裕社會青年男女，〈姨太太生活的一天〉的享樂主義等等，都令人想到他那「了然於心」的笑容。

季季在爾雅《七十六年短篇小說選》評介〈報馬仔〉時說的，「你必須耐心的去『讀』他的笑容，才能漸漸知道笑容之下其實潛藏著更深的內涵。」

當他寫〈雷公點心〉的時候，這個笑容仍在。一個在古早苦日子挨過飢餓的鄉下老婦，深信丟棄食物會減少福分，所以到兒子開的餐館中仍忍不住搶救桌上剩菜。但是寫〈最後的紳士〉時，這一抹笑容已是忽隱忽現而已，他的主要關懷已經跟隨著送葬老人僵硬的腳步移至百年滄桑的時空意義。回憶中一切「紳士」時代美好的事物都在消逝之中。他穿上完全過時的白色西裝，歲月縮短了他的長腿，他一直踩著褲管，奮力隨著沒有格調的鼓鑼樂隊走在蓋滿了沒有格調的高樓之間，他已經認不出這個他居住了一生的舊鎮——新的台北地圖上已定名爲「新莊」。

舊鎮和大水河的風土人物一直是鄭清文的鄉愁所繫吧。他在童年稱爲大水河的淡水河，好似太平洋穿過台灣海峽伸出半臂環抱著台北盆地，曾經是一條洶湧雄渾的一條河，直到經濟繁榮將它污染淤塞了。它岸邊許多早期移民的小鎮，現在都已寸土寸金，蓋滿了「最後的紳士」所見的俗氣高樓。一九七四年剛剛創刊兩年的中華民國筆會季刊刊載英譯的〈水上組曲〉時，距離它完稿已十年了。寫〈水上組曲〉時的鄭清文仍在寫詩的階段吧，他用散文詩的形式寫一個表面上從無一語，內心裏是波濤起伏的戀慕。年輕的渡船夫，五年來不分晴雨地守望著一座古老房子的大門，全然靜穆地等待那洗衣女子，一手挽著籃子，一手提著木屐，輕盈地出石階走下來到河邊洗衣。颱風中他在洪流中救人，鎮上要頒獎給他，他想告訴她，但是她不再來到河邊了。全篇中心是暴風雨中的大河，「在呼嘯、在怒吼，那隻無羈無絆的，無限大的野獸，在翻滾，在掀動」，呼應著年輕船夫的激盪之心。以四段組曲的節奏，步步升高愛慕、期待和焦慮的層次。達到了他所有作品中少見的豐沛情境。

在自傳體的〈大水河畔的童年〉中鄭清文說當年夜歸人由城裏回到舊鎮，遠遠看到渡船頭沙岬上插著一根樹枝，掛上一盞油燈，就感到安全放心了。他常常想到船夫的孤獨和勇敢，「如果膽子大一點，我也很想去當船夫」。然後，人們來採砂石，兩岸的寧靜小鎮全都漸漸消失在水泥堆裏了，然後，有了橋。六十歲的時候，在聯合報辦的四十年來中國文學研討會裏，他以〈渡船頭的孤燈——台灣文學的堅守精神〉爲題作閉幕演講，以呂赫若、鍾理和、李喬、鍾鐵民等等的寫作爲例，「能在困苦中逐漸成長而不迷失自己，是因爲他們在寫作過程中，心內一直有一個指針，就像渡船頭那一盞小小的孤燈，讓他們有一個方向，也給他們信心和力量」。也照亮了後世許多遲疑迷惘的作家。

〈春雨〉也是一篇豐沛之作。全篇似乎在傾注的大雨中一氣呵成。人生的艱難隨著拜墓者的腳步展開。這篇近期的作品和他早期的〈蚊子〉一樣以一位招贅的男子爲主角，但是在〈春雨〉中出身孤兒院的安民並不自憐身世，他終於悟得，「不一定自己生的，才是自己的孩子……生命應該是屬於全人類的一條大河吧」。一直努力傳宗接代失敗的妻子死後，他開始領養孤兒。春寒，雨不停地從天上澆下來，安民半爬半蹬走上急陡的山坡，揹著孩子去拜亡妻的墓，給她看看生命的延續。雨並未停歇，而山上草木長滿了新芽，許多花已開了。英譯在選譯的過程和在筆會季刊登出之後都曾令許多人感動。這個孤獨地揹著嬰兒的男子令人想起《詩經》裏那種素樸無怨、溫柔敦厚的人道主義。置身於這樣強烈、豐沛的自然恩威之下，他自有承先啓後的尊嚴！他和鄭清文筆下的鄉土人物、選舉人物、懷鄉的老兵、感嘆新事物的小市民、不自知生存空虛的新人類，四十年來合繪了二十世紀眞正的台灣人面貌。鄭清文似乎從未熱衷遵循任何時期的「政治正確」路線，構思下筆甚少局限。題材涵蓋面之廣，內在思索之深刻，今日文壇已不多見，麥田全集出版，英譯本亦即將問世，今日讀者和後世讀者，在分享這些小人物的笑與淚之際，會在流行文壇，震耳欲聾的性與暴力作品之外，聽到一些寧靜、溫和但是持久可信的聲音。歷史對台灣文學的評估也因此可增一些敬意。

——一九九八年五月四日於濃郁春雨中、台北

．本文作者現爲台灣大學外文系教授、中華筆會季刊總編輯。

〈評介〉

舊鎮的椰子樹

——序鄭清文全集

李喬

結識鄭清文超過三十年，斷斷續續閱讀他的小說也已三十年。我們夫婦捉對交往，可能第二代還會成爲朋友，人，夠熟悉了；偶爾夜宿鄭宅，總是挑燈夜戰搶著講話，所談無非文學文事。我個人也寫過幾篇有關鄭清文文學的文字；在其文學全集出版之際表達一些看法想法，當做一種引介導讀，或許有些用處。因爲，文壇公認：鄭清文的作品，不容易懂。

然而，所謂引介導讀，可能反而成爲一種障礙？不過，對有心朋友還是有正面意義的：挑出筆者的誤失，或相反的論說。反正對於「鄭清文文學的謎團」的解剖，應該是正面的。

理解或研究一篇文學作品，需不需要知解作者？這在傳統說法裏是毋庸置疑的。但是自「新批評」以降，主張「文本批評」(text critique)，把作品的外延存在給砍斷了；

這是擺脫周邊糾纏，拒斥喧賓奪主的結果。實際上完整的文學研究，內部外部是一體而不可偏廢的，內部：主題結構，敘事結構，人物，語言，象徵等是文學主體；但是外部：作者身世，生命歷程，心理特質，綿密的文獻學的調查與檢討，時代風雨人世趨勢等，這是徹底理解文學主體的必備資料，也是論定作品一時一地以及歷時普同意義的座標，不可能忽略的——失去時空特性，也就難尋人間的普遍永恆。

據於此，以下就其人其文學兩層面，試作個人的解讀，供有心於研究的年輕朋友參考：

一、鄭清文這個人

鄭給人一般印象是謹言內斂、溫文踏實；那煦煦笑容，樸拙的言辭，簡明的應對，適當的距離——在他四周造成薄薄的煙嵐，人人看得到但看不清楚。奇妙的，他整體的image，巧妙地正呈現了「鄭清文文學」的象徵。

一言以蔽之，鄭清文呈現的是：台灣鄉下人本色；三、四十年代的台灣鄉下人。平實踏實是他這個人的特質；同樣的，平實踏實也是鄭清文文學的特質。

他幾乎不曾過「放言高論」，也不肯把拒受喜惡之情以誇張的言辭表情呈現出來，至多也不過在眼神唇角飄忽地「展示」心底的明確而堅定的可否而已。他極少置身喧嘩沸騰的場合，或從繽紛光影中擷取體材，他總是潛入內裏，冷靜地追索深藏的因緣，把實實在在的感受、想法，以「令人很難忍受」的沉默低調文字、形式表達出來。關於這一點，如果要在台灣文壇找一個「人格文格絕對一致」的例子，鄭清文、鄭清文文學就是。(區區是相反的例子，因爲生命上有許多雜渣，永遠臻不到鄭的境地。)

鄭清文的實際生活和文學的姿態一樣：十分踏實。踏實不是不生火花不揚波瀾，而是有意的，或者說性格本身使然——讓那些火花波瀾隱藏在日常生活的底層，或「故作」簡簡單單的小說情節中。

他四十年的銀行員生涯是一個不等邊三角形：住家，冷調舒適的高級行員辦公室，木柵的小山。這是外顯的空間。他擁有另一三角形：「舊鎮」生命回溯的舞台；上述的外顯空間壓縮爲此三角形的一邊；另外就是思想，心靈宇宙的無限縱深。這個「結構」是「台灣社會人鄭清文」的，也是「台灣作家鄭清文」的。平淡簡單的人物與故事，就隱蓄著繁複深邃的內在潛藏。於是，我們可以「調侃」地說：鄭清文的存在本身就是一篇「現代小說」，或者說：他就是「現代小說」的象徵——「現代小說」的特色不就是這樣嗎？

這個人在十丈紅塵的台北火宅生活了四十多年，迄今還擁有台灣鄉下人的風貌，可以說是奇蹟。他怎麼做到的？問他本人他一定向你微笑；實際上他也回答不出來。不過無妨，從他的豐富小說作品中可以摸索到一些信息。當然，這個世代的後生人大都很難想像所謂「台灣鄉下人」是何種存在。有心一探的，就請捧讀鄭的小說吧。

鄉下人的行為模式，除了平實踏實之外，就是謙虛、認眞。跟鄭接觸過的人都會感受到其待人處事的謙虛內斂。他懂得很多很多，卻非必要一定不肯露一手。朋友們都知道這個人精通日語、美語還能閱讀法文，可是他的口說手寫幾乎蟹行文字絕跡。何時表現長才？那就是向他請教一些偏僻的觀念或關鍵性詞語時，他會「不客氣」地告訴你原典出處與來龍去脈。

他在這方面的「德行」表現得淋漓盡致的是：在小說創作下筆之前，為一草木名物，他會跑遍全島，而且到處敬謹請教；如果某一關節尚有疑問，一篇小說素材他會懸案三年五載，甚至放棄成篇。和這個脾性相連的，那就是他的潔癖。沒有把握的、有疑竇的、待釐清的，一律拒之；同樣的，多餘的、不協調的、朦朧模糊的——人物，情節，章句一律不予呈現。是的，這種脾性，終於呈現「鄭清文風格」的那種篇章，那種文字。此處又再次證明「人格文格合一」的奧祕與事實。

而鄭清文的小說，是絕不含雜渣的純文學，這是定論。誠然，純文學有時候是「寂寞」的代名詞。然而，正如他的一篇小說的篇名〈校園裏的椰子樹〉一樣，鄭清文其人正如一棵大王椰子，其作品也是大王椰子；一時一地觀，椰子的葉片紛紛掉落，然而椰樹本身卻自信十足地，也是不吭不哼地不斷茁壯成長。

鄭清文是一個念舊的人。他的作品不斷出現「舊鎮」這個字眼與影像。「舊鎮」指的大概是「新莊」，他童年笑聲淚痕儲存所在。不過出生於桃園鄉下，成長爲新莊鄭家人，他的心靈底層仍有一模糊的生命定點的故鄉，所以他的「舊鎮」是「複製」的；這是鄭的故鄉情結有其異於一般人深邃的因緣在。我以爲理解其人其文學，這個因素不能說不重要。他喜歡丘陵、草徑、大小河流河水；也許越是年老，「大水河畔的童年」越清晰地回到夢境來；而〈水上組曲〉——三十三歲發表的名作，其中襯著交響曲背景的緩緩河流，是他的作品風格，也是生命流程；渡口船夫是他的側影；河岸深閉的神祕門扉以及女人，應該是那個年紀所能觸及的文學與人生追尋的模糊形象。據於此，我曾替鄭清文其人其文學作一塑形：芳草萋萋的小小鄉鎮上，一棵壯碩矗立的大王椰子；春風秋雨時有落葉，軀幹卻悠然而默默成長。其背景是：街莊背後坡度舒緩的丘陵；丘陵的兩端綿延到島嶼脊背的山脈裏去。至於前景是寬闊的大河，河流漣漪處處而河水緩緩前行……

這一靜一動的構圖，可視作鄭清文文學的象徵。

二、鄭清文文學

十五年前我曾在《文學界》舉辦的「鄭清文先生作品專輯」討論會上，提出「鄭清文小說特色」的報告。十五年後看法基本上沒有改變，但有較深入的體會。茲斟酌後提出以下看法：

一、著重悲劇過程的探討

鄭清文的小說，基本上是從存在的悲劇性切入的。

古典悲劇多半處理宇宙力與人力的相互作用問題。鄭寫的是現代人的悲劇，以社會因素與心理因素的糾葛爲主；而他的作風是社會因素往往只是簡略的背景交代；其重點在深淺心理層面「刺激反應」、醞釀變化歷程的「冷靜呈現」。

因而他的作品，「場景」樸素淡彩，人物簡單甚至有些形貌模糊；他用力處在於人物心靈奧底的呈現；說「呈現」是因爲作者堅持客觀交代，不作情緒甚至情感的宣洩；他著力的是把那個「變」或「結果」的過程表達出來。因爲緊密追尋那悲劇的來龍去脈，所以說是著重悲劇過程的探討。例如名作〈苦瓜〉，寫的是倔強少婦秀卿在丈夫離棄之後，伊如何「消解」心中「苦瓜」的過程：眞是驚濤駭浪，動人心弦。〈三腳馬〉的吉祥叔所以成爲「三腳仔」是有其「必然過程」的。〈清明時節〉寫被棄妻子的故事。此作從始至終探討的是，妻子造成如此場面的經過：人間，生活或者生存本身就是一個難題，小說中人物無奈，因而提示了人間無盡悲劇的線索。至於〈焚〉這篇可怕的小說，主角梁美芳在婆婆嫉視之下與丈夫永福過一段「鋼索上的快樂日子」，突然丈夫死亡，伊在涉過千山萬水的人事糾葛，捨離愛怨情仇之後，以爲解脫了，可是婆婆一句「妳肚子的孩子是誰的？」伊還是天旋地轉而崩頹了。這篇顯然觸及悲劇的核心：人是什麼？人性是什麼？極限存在嗎？「內在性」的？「超越性」的？這個主題推進到某個極限，成了鄭清文文學前面的萬丈高牆。

鄭清文是文學者小說家，牆頂牆外不必去操心。我們到此注意到，在他諸多描繪悲劇的篇章中，隱藏著一個莊嚴的主題：人生內裏的悲劇性，而文學的「任務」就是冷靜地把生之悲劇性記錄下來。正因爲被敘述的客體是叫人「眼淚婆娑」的，如果再用濫情的文字渲染，豈不讓讀者溺斃於淚海？這是我個人對他文字潔癖的看法。

二、「解脫與救贖」是核心

這是個人近年來以宗教角度研讀台灣小說時的重大發現：鄭清文的文學，其主題傾向大都可以「解脫與救贖」觀的戲劇化演出來概括。

生命是未經擁有者同意，被拋置在世上而存在的。生命本身無意義，生命有限而生命過程十分痛苦；究竟又歸之於無。這是勇敢凝視生命眞相的人看到又身受的事實。鄭清文在心靈上是樸拙鄉下人，而他是內省型作家，又是以「觀念」引導創作的人。當他凝視生命痛苦的事實，描繪悲劇的過程之後，如何「處理」這些「生之實況」？那就是提出解脫與救贖的「策略」來。

有趣的是，鄭乃非宗教型的作家。他把解脫與救贖的「觀念」以十分「屬世」的「生長」包裝起來。

生命或痛苦的解除，有兩種不同說法。一是解脫一是救贖。前者是佛教型的生命觀，後者是基督型的生命觀；它分別代表「內在性」與「超越性」宗教信仰。佛教認爲生命無不變實體，所以無善惡定著，也無罪的負擔；唯一旦發動而實現，罪業便跟隨而來。因每個生命體的宿業不同，罪業乃有輕重深淺之分。然則罪業也好，痛苦也好，是外染的——佛說衆生平等，人人自具佛性——於是重點在擺脫解除外染是重點。所以是「解脫」。

基督思想的核心是「罪」(sin)，人是「受造者」，因人的始祖違背創造者的命諭——犯了罪，於是被逐出伊甸園而「流浪」。這個「流浪」代代延續，代代追尋無罪的原我；其中「磨難」重重而人在磨難中接受啓蒙。所以苦難的解除必須付出代價——被質的有罪之心身，要經贖出來的過程，苦難痛苦才能消除。

縱觀鄭清文的生命思想，其「人文性」極強，注重個人個別的智慧、覺悟；主張由體現「實在的自己」而獲得解脫。他屬於「內在型」的解脫論者，但過程中幾乎無例外，必然有所「付出」，所以又可列入「救贖論」裏；因其重視「人自身」的覺悟與行動，所以可以稱之爲「積極的救贖論者」。

這兩者如何涵融互用？那就是前段所提的「生長」來「包裝」。「教訓是慘痛的，而生長卻是緩慢的。」「記得教訓，使自己成長。」（見〈苦瓜〉第三節）。「一張葉子的掉落，並不代表它的死滅，它代表母樹的成長。」（見〈校園裏的椰子樹〉第五節）「人需要不斷的成長，但每一種成長都不免伴隨著一些悃悵……」「成長是必然的事，但是成長的過程中，要附隨著悲哀也是必然的嗎？」（見〈睇〉）。也許以「成長」包裝解脫與救贖有化繁爲簡之議，但做爲文學作品，毋寧說是更符合人間性吧？

三、觀念性與現實性結合

鄭清文的小說著重悲劇過程的探討，而以解脫與救贖爲核心，所以他是從社會的深層看社會問題。正因爲如此，也招來一些人對鄭氏的誤會——認爲他不夠「寫實」，少關心社會政治層面的探討。他關心社會現實嗎？寫不寫社會問題？答案是肯定的，但是由於個性與藝術性的堅持，他力拒喧嘩的浮面，他不愛淚血交迸的激情；他是從社會的結構層，人性的幽邃處去描繪；他嗜好叫讀者自己去思索、尋求答案。

換言之，那是深入人間社會內裏，加以理解並以重組現實的形式呈現。也就是梳理現象面後，成爲比較有普遍性的觀念——以觀念性去組合小說。「觀念性小說」極爲危險；它容易落入作者自言自語、自以爲是的陷阱。然而鄭清文的小說躲開這個毛病，原因是這個人強烈的鄉土之情、大地之愛予以「觀念性」豐腴飽滿的血肉情味。於是勻稱地結合了觀念性與現實性。正因爲如此，讀他的作品，猶如面對三稜鏡，角度與眼界不同，獲得的景觀色彩各異。例如〈姨太太生活的一天〉，甚至引起對峙的爭論，其他「現代英雄」系列莫不如此。

四、「深潭漩渦型」的語言

鄭清文的作品被認爲是當代作家中最難懂者之一。由於上述三者其難懂是很自然的，可是他的語言文字卻是十二分的淺顯、簡單、明白。我們讀者往往有被「打敗」的感受。

他的好友陳垣三先生認爲，鄭在遣詞造句上用苦心，乃源於他的世界觀。葉石濤先生的「描述」比較清楚：「鄭清文樸實無華的風格，來自『誠實與穎智』。他似乎有一牢固不拔的觀念，以爲作家必須正確地驅使語言。這種對於語言的過度神經質，使他產生一種獨異的文體。這平淡無奇的文體，卻頗似精巧的陷阱，誘人進入或上鈎。當我們習慣了這文體後，我們不再被庸庸碌碌的外表所迷惑了；有時裏面隱藏的世界恰似電光的一閃，使我們瞥見那深不見底的世界，人生黑暗朦朧的領域。這好比在凝視波平浪靜的湖面，乍看湖面是平靜平和的，但當我們把手伸進水裏，我們便愕然醒覺：原來湖底有一股旋轉、騷動的暗流。」接下去，葉先生說：他布下平凡冷靜的陷阱的外表，裏面卻躲藏著使人欲哭無淚，搥胸頓足的複雜人生悲劇。

以上的敍述只是「描繪」，並未能如實地「說明」；區區在下也不能。他的語言風格來自他的「潔癖」性格，完全不受傳統中文標準的拘束；另外就是觀念上他篤信「冰山理論」——他的名言是：「因爲簡單，所以包含更多」，他的文體，正是理論的具體實踐的成果。就理論說：語言是實體世界的符號；符號與實體之間是有「誤差」的，而每個作者所擁有的符號，彼此之間當然不同，每個讀者之間，作者與讀者之間也是不同而互有「誤差」。文學是作者以符號（語言文字）承載實體世界，又以符號觸動引起讀者實體世界的「轉換過程」。其中語言之爲符號身分，以及其本身的局限，讀者作者之間的「誤差」；凡此構成文學的神祕美感。鄭清文的執著與操作，是一種「狡猾」——謂之「藝術性狡猾」。我們還是無能「說明」，但可以形容他的語言文字爲「深潭漩渦型」。其他，只好心甘情願掉落其美麗陷阱而已。

由於媒體與交通網把世界縮小了，所以時間流轉越來越迅速；一九四五年至一九六五年之間的「二十年」，和一九七五年至一九九五年之間的「二十年」，其「二十年的意義」是非常不同的，這就是「自然時間」與「人文時間」的不同。十年前感覺得出「日據時代的台灣作家與作品」，是以文學史的意義存在的，可是近年來由於「時間加速」驚人，「戰後的第一代第二代作家與作品」，不知不覺間好像也被「歸檔」而爲文學史的意義存在的了。

不過，鄭清文個人存在與生活的身影，雖然孤獨而有些步履維艱，然而其生命投射的文學殿堂卻是龐大堅實崇高無比。他是定根成長於台灣舊鎭的一棵大王椰子，以傲天之姿不斷茁長壯大；落葉繽紛，其姿態與影像將會永遠存在天幕之上，也活躍在不同世代的人們心田上。

——一九九七年

・本文作者爲專業作家。

目次——

003 〈總序〉新莊、舊鎮、大水河／齊邦媛
——鄭清文短篇小說和台灣的百年滄桑
011 〈評介〉舊鎮的椰子樹／李喬
——序鄭清文全集
027 寂寞的心
033 漁家
039 我的「傑作」
055 一對斑鳩

071 水上組曲
099 永恆的微笑
115 又是中秋
153 吊橋
175 姨太太生活的一天
205 苦瓜
241 黑面進旺之死
263 清明時節
289 湖
311 在高樓

水上组曲

THE RIVER SUITE

寂寞的心

火車發出單調的聲音，向南奔進。

三等車內很擁擠。坐在我對面的是一對三十歲左右的鄉下夫妻。女的背上揹著一個男孩，男的膝上抱著一個女孩，女的兩膝之間還站著一個七、八歲的男孩，要這要那，不斷地哭鬧著。母親降低嗓子哄著他，他哭得更大聲了。父親生氣了，狠狠地打了他兩下，他不哭了。母親罵了丈夫幾句，連忙把孩子抱住，好像輪胎爆炸似的，他又哭了，而且哭得比剛才更加痛切。

四歲的時候，母親去世了。父親很寵縱我，一定像這鄉下婦女一樣任憑我哭鬧。小時候的事已記不清楚了，但姊姊有時還笑我。記得高二時，辭不了同學的邀請，到他家吃拜拜，也不會託人告訴父親，一直到收音機在找人才知道趕回家。姊姊告訴我，父親很焦急，問了許多人都不知道，就到警察局報案。我向父親道歉，他笑著對我說到什麼地方去應該託人回家說一聲。我看見他兩眼紅紅的。

去年九月，要到台南註册入學，父親帶了姊姊要跟我去，我不肯，他說他們去旅行。但在註册時，他卻問東問西，大家驚訝地看著我們。我覺得羞慚。有一次一個同學嘲笑我說：「好福氣，連註册都帶著未婚妻，哈哈哈！」

寒假，我回家時，父親正坐在藤椅上打瞌睡。他聽了我的腳步聲，忽然驚醒過來說：「怎不先寫信回家？」他說話好像有些吃力，但他微笑著。他比九月間清瘦了許多，頭上也增加了不少白髮。他問我許多事情，忽然又問我吃了晚飯沒有。我說不餓，他叫了阿婆。突然，他好像想起了什麼事似地，又沉默了。他又打起瞌睡，阿婆帶了行李進去，護士小姐阿菊也在外邊探頭，微笑著。我站起來。「阿文！」我吃了一驚，回她說：「我出去一下！」

阿菊說：「阿文，我們差一點就不能再見面了。先生說病人少了，把阿雪和我都辭了。過了兩天又差阿婆把我叫回來，卻沒叫阿雪。他的爸爸很生氣，先生也很生氣的說：『錢是我給的，我不僱她。』現在，我有些怕他了。」

「爲什麼？」她很和氣，也很能幹，父親很喜歡她。

「他變得容易生氣，脾氣比以前暴躁了許多。阿婆說你母親逝世時，也曾一度如此。那時候他還年輕。我記得你姊姊出嫁那一天，他一點東西也沒吃。病人來了，他也冷冷地，機械地看了一下。他們問他，他也不答。病人確實少了。他老了，什麼事都應該想開些。他很疼我，我才說了這些話。」她望了我一下，又把視線移開了。

「有一次，他叫我買一瓶酒，那不是奇怪的事嗎，他從不喝酒的。我一出房門，就聽到酒瓶落地的聲音，又聽到他放聲哭了……你姊姊出嫁時，怎不回來？他們好像有些齟齬。」

「我知道，她告訴我她傷了父親的心，她很懊悔。那時，我們正在期中考，所以不能回來。」

記得姊姊還在高中念書的時候，鎮上有個姓陳的給她一封情書，他正在師院讀書。她拿給父親看，他拿了那封信到他的家，揮著拳頭警告他，不許以後有類似的事情發生。姊姊告訴我她確實喜歡他，他的人品很好，只是家裏窮一點。父親的理想是，對方有錢，有學歷，有地位，而且住在附近，當然人品也要好。這才能使姊姊幸福，而且也可以就近照料他。姊姊很知道父親的苦心，事事都不願違背他的意思。但這次卻不然，她的態度很強硬，一點也不肯讓步。父親拒絕這門親事的理由是婆婆太厲害。姊姊來信說她要嫁給丈夫，並不是要嫁給婆婆。又說：「父親常常說我像媽媽，但我不是媽媽呀！他不能老是把我留在家裏呀！這次各項條件都合於他的要求，這不是遵順他嗎……」姊姊出嫁時是二十七歲。

除夕，阿婆和阿菊都回去團聚，父親和我，冷清清地只有兩個人，也在家裏圍爐。父親只說：「今年少了一個人了。」從前這個時候，他總喜歡講講祖母的事給我們聽。他除了說祖母很像姊姊外，從不說母親的事。

姊姊在新春初二回家，說姊夫很忙不能回來。她外面裝得很愉快，卻偷偷地告訴我：「爸爸疼我，喜歡把我關在家裏，也不肯讓我到外邊做事。不然也可以看看社會，看看人，尤其是看看男人……」她匆匆地回去了。幾天前，我在看書時，發現父親忘記鎖抽屜。打開一看，裏面有些信件，也有幾本日記，全是用日文寫的。我偷偷地找了姊姊，請他翻譯給我聽：

義雄患了肺炎死亡。他臉色漸漸轉青，肚子漸漸膨脹。我的心悸動著，手顫慄著，頭腦也混亂了。我請了王先生來，但他死了。死前他好像還很清醒，學了一聲雞鳴，還要他的媽媽抱他……。她非常悲哀，昏了幾次。我們只有這個孩子，學醫的卻不能醫自己的孩子。……

妻子患了心臟痲痺症死亡。台北幾個朋友約我吃酒，不在家。不然……世界上只有她一個人能了解我，信賴我。她嫁給我時，我還在醫專讀書。她不顧父母的反對，連妝奩都可以不要了。她和我吃了十幾年的苦，說開業需要許多錢，連一件新衣都不肯做，現在，我終於開業了，但她卻死了……義雄死的時候，她慟哭欲絕，但對我仍抱有很大的信心。義雄的死使我感到慚愧，但對她的死就何止慚愧兩字。我在喝酒享樂時，她悄悄地離開了這個世界。我不能醫治義雄，對她卻連要醫治的機會都沒有……孩子死了，可以再生，但她死了！該怎麼辦？她沒告訴我，但我卻知道……追記她的妹妹告訴我，她知道自己的病。但爲什麼不告訴我……我眞傻瓜……

姊姊哭了，我也哭了。

女兒一定要嫁給那虎姑婆的兒子，我眞擔心。從前那姓陳的雖然窮一點，人倒不錯。那是我的錯，但已太遲了。我想盡辦法補償，但卻忘記人家也要選擇自己。她媽媽怎肯嫁給我？我卻沒想到這一點。我實在太矛盾了，也太自私了。我希望她能一生不知道痛苦，像她媽媽不讓我憂慮一樣。那張臉是多麼像她的媽媽，它好像時時刻刻在告訴我，我應該怎麼做。我想使她快樂，但很奇怪，我做出來的常和心裏想的相反，有時候，我也不忍看那張臉，因爲它使我想起了許多事。現在，她走了，把那張臉也帶走了，我就可以忘了一切嗎？

姊姊斷斷續續地讀完了這一段。

她匆匆地回來，又匆匆地回去了。她有說有笑，但我知道她的心。和她的媽媽是多麼相似呀！

一個人在苦悶的時候，總想到發洩。找幾個親戚朋友，找和自己同樣遭遇的人傾訴。但天下之大能有幾個知己！阿文還年輕，我不忍讓他知道，不忍使他那純淨的心靈感染了不幸的陰影。每次，我想掩飾內心的空虛，但現在老了，不免時常露出了破綻⋯⋯有時，也想沽酒買醉，但一看到酒瓶，一聞到酒味，就不能忍受了，老天爺眞狠心，連這條末路也給剝奪了！⋯⋯

姊姊把日記抛掉，緊緊地抱著我，也忘記了我們都已成年了。

火車仍然發出單調的聲音，向南奔進。

我睜開了眼睛，看見那淘氣的孩子已安靜了。他舒適地躺在母親懷裏，不時抬起淚汚的臉，張開著嘴，望著我，好像在說大人也哭嗎。

——一九五八年

漁家

天是灰色的。灰色的天低罩著灰色的海。雨剛停了，它將再下。浪濤捲起來，像巨大的舌頭，猛然拍在海灘上。海浪的聲音是沉悶而渾重。

南台灣頂端的沙灘上，漁人們正準備出海打漁。阿春伯父子用粗大的竹竿把漁舟抬到水邊。海浪不停地捲上來，退下去。當它們退卻的時候，把白色的泡沫撒在沙灘上，發出沙沙的聲音，沒入沙縫裏。一浪過去，一浪又打上來。

阿春姆靜靜地跟在後面。兩個小孫女把手輕擱在微蹺的船尾，一邊一個。他們把小船抬到水邊，看著浪勢，準備推進水裏。阿國把挑竿放下，轉身回來，俯身去吻他的兩個女孩。這是他當兵時所學來的新招數。

他站起來，看看母親。她露出殘缺不整的牙齒微笑著。她笑得不好看，但很和善。她的笑容一收，雙頰就陷進去，下顎顯得長長的。從前額經過太陽穴到下顎，刻滿著深淺不一的紋網。自她嫁到阿春伯家裏以來，已過了三十多個年頭。其間，除了生產以外，她總要送他出海，到現在已變成習慣了。她靜靜地站在海邊。她不必說話，他也知道她是要他早點回來。像他們這種在近海捕魚的小漁民是很少出事的。他們只知多捕一點魚。但女人們卻不同。只有他們在身邊的時候，她們才有安全感。有時候，她們看到天氣突然惡轉，連衣服也忘記收，就跑到海灘上佇望著在遠方浪裏沉浮不定的小黑點。她們望著那些黑點慢慢地靠過來，有時也會發狂似地大叫。但，就是她們喊破了嗓子也是徒然。不過這種情形很少發生，一年只會碰到一兩次。當然也有一去不回來的。

「不要忘記把那紅綵掛起來。」他們已約好，如果阿國嫂生了男孩，她就把紅綵豎在小岡上。

阿國當兵之前，她生了兩個女孩，他回來之後，又懷了一個。他們舉家希望這次能生男孩。爲了這事，阿春姆曾到各地廟宇燒香許願。

阿國站在船上，雙手握著槳把。他回頭看看兩個女孩正嘻笑地在追逐著沉入沙裏的波沫。他黯然笑了笑，如果那是男孩子該多好。老人把漁舟推動了一下，第一次失敗了。他很老練，也許力氣不濟事。他把船又拉回來，凝神看著接踵而至的波浪。他再用力一推，小船順著退卻的海水輕輕地滑進水裏。阿國搖著槳，老人回過頭來叮嚀妻子不要忘記把紅綵豎起來。她點點頭，然後拉了女孩們的手回家。媳婦的肚子已痛了兩天，產婆待在家裏，但她仍然要送他們。這是習慣。

阿國用力向前划。老人半蹲在船尾。風不停地吹著他銀絲般的羊鬍子。他六十多歲了。如果阿春姆頭胎生了男孩，頭胎孫也是男孩，他早就可以退休了。他習慣地望望天空，今天的出漁是不會太久的。船衝著波浪前進，波浪不停地沖擊著船舷，很有節奏。阿國把外衣脫下，背心緊綁著寬闊的胸膛，雙臂上隆起筋肉，不停地抽動著。他們好久沒碰到大魚了。隔壁的，昨天利用了雨歇，捕了許多魚。一下雨，魚兒就大羣游到沿海覓食。妻子快生產了。這不是頭胎，爲什麼那麼困難。她的肚子特別大，產婆說那一定是個男孩。昨天，他們整天待在家裏，等著男孩的降世。結果白等了，也沒捉到一條魚。他們不能再失去這個機會。

出門之前，阿國曾去看她。她低微地呻吟著。他把手擱在她的前額，前額冒著冷汗。她無力地望著他，顯得很虛弱。他去當兵之前，她還年輕，強壯得像一條水牛。當兵之間，她跟公公出海。太陽、海風剝盡了她的青春和活力。她整天像牛那樣地工作著，不發一句怨言。不出兩年，她變得黑而蒼老。

天上烏雲密集，越來越低。阿春伯熟稔地把「綾子」撒到海裏。浮標在灰綠色的浪濤中急激地盪來盪去。

這是一種比較原始的捕魚方法。自從汽油船出現在近海捕魚以後，他們的生活就受到威脅。但，他們不願放棄，他們相信海裏的魚兒是捕不盡的。

把「綾子」撒完之後，他們回過頭，把它拉上來。銀白色的，褐色斑的魚，掛在「綾子」上掙扎著。大的有手掌那麼寬。阿國記起他第一次出海的時候，看到叔父拉起了一條大魚，他一定要親手把它解開。那時的喜悅是純然的，沒有夾雜著一點生活的影子。

「回去吧，快下雨啦。」老人望望天空說。

「不，」阿國堅決地說。岸上紅綵還沒豎起來。幾個月來，他們並沒碰到大魚。她的身體很弱，必須調養。她前次生產，很是危險，差一點把命送了。那時，他們魚捕得少，不能讓她調養。他實在不願意她再生產，雖然他們很需要一個男孩。但，她要生一個孩子。她望著阿國，好像在向他求恕，好像不生男孩是她的過錯。雖然，她負得起肉體上的重擔，卻負不了心裏的欠疚。

他必須多捉一點魚。魚就在底下，就在「綾子」附近，只要一觸到「綾子」就逃脫不了。魚一條一條地拉上來，小艙已看不到底了。浪濤掀上掀下，猛烈地打在船舷。他又想起了妻子。那時候，他才十七、八歲，她也差不多。她一個人在海灘上撿著乾柴。他帶了一條一兩斤重的魚跑了出來，莫名其妙地把魚遞給她說：「給妳。」她嚇了一跳，把魚拋在地上，拔腳就跑。他想到那尷尬的場面，不禁感到臉紅。

「回去吧，把綾子收了。」現在輪到阿國催他的老爸了。

「不，」老頭子反而越拉越興奮了，「三十年前，我曾一次捕了這麼多。」他用食指在船艙畫了一下。「今天，看樣子，會打破那次的紀錄。以後怕不容易碰到這種機會了。」

「大家都回去了。」

「不，紅綵還沒掛上。」

他們都相信這次她會生男孩。產婆的話一定沒有錯。

豆大的雨滴開始撒在海面上。風浪越來越大。父子兩人趕緊把「綾子」拉上來。衣服都濕透了。

阿國用力划著。風迎面颳來，浪濤不停地沖擊著前舷。前面只是一片水花和煙霧。小船一會掀到浪濤頂上，一會沉入浪濤之間。面前仍是模糊的一片。海水不停地打到船裏。阿春伯用勺子一勺一勺地把海水舀出去。船舷很低，海水毫不客氣地跨進來。

「把魚扔掉！」阿國把穩著槳，一面叫嚷著。阿春伯有一種迷信，他不肯把活的魚扔掉，怕牠們回去通話，以後就捕不到魚了。

「把活的也扔掉！」

「不！」

但他們的爭執是沒有意義的。雨不停地下，風不停地颳，海水不停地捲起高大的舌頭，一次次的舔著船。阿春伯已經把所有的魚拋出去了。水桶，所有笨重的東西都不能要了。

「給我一根槳！」

「不，蹲下去！蹲下去！」

風越來越大。岸上的景物已依稀可辨。檳榔樹像巨靈的手，頻頻向他們招手。

一小時後，他們上了岸，已疲憊不堪。兩三個鄰人幫他們把小船拖上岸。他們沒有看到阿春姆，也沒看到紅綵豎起。生了女孩子？希望什麼都還沒生。

「阿國嫂已生下了男孩！」

「男孩？男孩！」父子倆一起喊了出來。他們看到說話的人很嚴肅，知道事情不妙。

——難道是死了？他們的心裏不禁掠過一陣陰影。但兩人都不敢說出來。

他們回到家裏，幾個鄰居過來探望。新生的孩子，又大又肥，嘴裏含著浸過蜂蜜的棉花，拚命地吮著。母親躺在床上，很是衰弱。臉色蒼白得可怕，嘴唇沒有一點血色。她慢慢睜開眼睛，望著阿國。她沒說話，她一向都很少說話。阿春姆坐在床邊，手不停地摸著病人的頭髮。阿國進來，她連忙讓開。妻子向他微微一笑，好像在對他說，她沒什麼對不起他的了。然後，又無力地把眼皮合攏了。他握著她的手，希望她不要死去。

一條紅綵被放在床前的矮櫃上，沒有人關心它。

——一九五九年

我的「傑作」

一

我到鎮上見了母校的校長，他已答應聘我做美術教員。許多同學都勸我留在台北，在那裏至少有許多觀摩的機會。但我拒絕了。

父親說，在鎮上教書，有空也可幫忙田裏的工作。

過了「店仔」，我就沿著水圳拐入村道。水圳的水差不多已乾涸，到處被人家用泥土堵塞起來，以便把餘水導入田裏。

灼熱的太陽無情地煎烤著大地，實際上，田裏的水也早已乾涸，稻苗的尖端開始轉成枯黃，圓捲起來。有的地方已開始龜裂了。

沒有一絲風。種在田畦上用以擋風的「竹屛」，靜靜地，倦倦地伸出枝椏。只偶爾可以看到幾隻竹鶺鴒在那裏振盪著長長的尾巴。

我喜歡故鄉，我打算用自己的手把故鄉裏的許多美麗的景色畫下來。目前這幅景象雖然使我微感悵然，但就畫面本身講，它似乎比那些優美的景色更來得粗獷有力。

我上了一段坡路，到了大榕樹下的土地公廟前面。那裏有一個十來公尺左右的坡崖，水圳就在腳底下。

赤褐色的牛車路已被太陽曬得發白。在路上，我並沒有碰到熟人。從坡頂，我可以望到我的家。

我家小門邊有一口井，阿治正在那裏打水。井水一定很淺，她把繩子拉了好久，才拉上了半桶多的水。

阿治是我家的童養媳，大家都知道她是要匹配給我的。她把水倒進水槽的時候，不意看我站在那裏，臉就紅了。她從來不敢正視我。偶爾，我們的視線碰到一起，她就漲紅著臉，匆匆把視線移開。

「回來了？」她微笑著說，仍然不敢看我。

「我來替妳打幾桶？」

我把水桶慢慢放下，阿治站到一邊，只是看著我的手。當水桶碰到水面，我就拉著繩子的一端抖了一下。水桶在下面翻個身，只是沒有打到水。我一連抖了三次，都沒成功。也許水面太低，也許因爲我好久沒有打水了。

阿治走過來，微笑著說：

「還是讓我來吧？」

我只看她把身子微微一蹲，輕輕地把繩子向左右抖了一下。就在她微蹲下身子的時候，我從她那鬆敞的衣領看到了她的胸口。一個雷奴瓦型的女人，這時，一股衝動突然沖上我的腦子裏。我要畫她！

我並不是沒有畫過女人。在學校裏，我們幾個同學曾經雇過妓女做我們的模特兒，因爲這是我們所能出的最高的價目。她們也是女人，但當我下筆描畫的時候，我總覺得她們缺少些女人們所有的什麼東西。

阿治是不是肯讓我畫呢？

我從她的頭頂到腳尖又打量一次。好像知道我在看她，突然她的臉一直紅到耳根。

二

太陽快西斜，父親叫我跟阿治去踩水車。我已好久沒做過田裏的工作。阿治用裏布把胳臂和小腿裹好，戴著竹笠跟我出來。我走在前面。在我的記憶裏，阿治從來就不敢走在我的前面。

水車設在「埔尾」。那裏有一條小溪，水也很淺，必須利用水車把水打進田裏。

太陽雖已傾斜，但它的威力一點兒也沒有減退。汗一直從毛孔裏冒了出來。

「妳知道眉毛有什麼用處？」我看她那細長的眉毛說。

「唔……」

「它們可以把從額頭流下來的汗水擋住，不讓它刺傷眼睛。其次，就是為了美觀。一個人的臉上如果沒有眉毛，就像一座沒有草木的山一樣。妳的眉毛長得很美呀。」

我雙手扶搭在橫槓上，回頭望著她說。她低頭，竹笠遮了她的臉部，猛然把腳踩動了。她踩快了，我必須趕上她的步伐。我們的步伐必須一致的。我低頭看著我們的腳，四隻腳在不停地踩著。水從槽溝流上來，注入田裏。

她的腳很大，這種腳是不適於穿高跟。也許，她根本就沒想到要穿高跟。不，她可能只希望穿一次，那就是她做新娘的時候。大家都知道，她是我未來的新娘，她自己一定也這樣想著。

適於穿高跟鞋的腳，只適合於照相。這也許是我的偏見，但我就從來沒想到過要畫那些都市裏的女人。

我的視線望著她的腳，水不斷地流著。我們的腳整齊的踩著，但我們的身體好像在倒退。我的視線順著水流的方向望過去，那些稻子才種下不久，一排一列，整齊地排著。

它們就要長大，就要結實。

有一個暑假我回家，剛好碰到刈稻。每次種稻，刈稻，我們都要和鄰近的人換工。那次，「下厝」有個叫阿忠的來幫忙我們。他是全村出名的「好手」，無論種田，刈稻都沒有人勝過他。

「喂，秀才，我們來比賽一下？」

我明明知道賽不過他，但既然找到頭上來了，怎好意思隨便認輸呢？

我們向同一個方向，一次割五行，看誰先到那邊的田路。有人喊了口令，我們就開始比賽。

我連頭都不敢抬。不知什麼時候，已把左手的小指割破了，血不停地淌出來。但我連撕一塊布來包紮的時間也沒有，因爲阿忠已前我一兩步了。

那時，我突然感覺奇怪，每列我應該割五株，但有時只剩下三株或四株。我向前面瞟了一眼，看到淡紅色的花裙子在風裏飄呀飄的。這時，我頓然省悟到這是怎麼一回事了。

我從竹笠上撕下一塊布，把傷口裹好，又蹲下身子迎頭趕上去。到了那邊才勉強趕上了阿忠。

阿忠站起來，用手背揩揩前額的汗水，搖著頭表示不服氣。

「再一次？」

「嗯。」

我們又開始比賽，這一次他輸了。

「再來一次？」

一連比賽了三次，他都輸了。以後他逢人就說，在我們村裏，他只敗在我這個「秀才」的手下。

「妳還記得和阿忠比賽的事？」

我看著左手指上的一鈎疤痕說。我的左手和她的右手都放在水車的橫槓上，靠得很近。

「記得。那時，大家都知道我幫你，有的向我扮鬼臉，有的卻在暗地裏取笑我。只有阿忠一個人還不知道。」

我猛然用左手抓住她的右手。我們還沒握過手，想不到她的手掌竟那麼粗。

「我要替妳畫畫。」

她沒答應，也沒拒絕，只是低著頭望著田裏的稻子，嘴角牽動了一下。

三

我沒有畫室，但我畫得很勤。只要有時間，我就給阿治作畫。不久，我給她畫了三幅。一幅是半身，一幅是全身的坐像。另一幅是她在井邊打水的畫面。但這並不是我眞正的目標。我的眞正的目的是要畫幾幅雷奴瓦式的「裸女」。

我知道她會拒絕。我的預料沒有錯，當我提出要求的時候，她說：

「還沒結婚怎麼行？」

無論我怎麼說，她都搖頭堅拒。

「這是藝術，對於我，藝術就是生命。」

「你有許多東西可以畫，爲什麼一定要畫那些。」

「女人的身體是世界上最美麗的東西呀，不是嗎？」

我拉著她的手說。但她只是低頭。她的臉已紅到耳根了。

「……。」

「妳眞傻。我們不是就要結婚了？」

我費了一番口舌，才勉強說服了她，她雖然不再堅拒，但仍在猶豫之中。我知道我的話，她不會理解，她只知道一個女人，是要生孩子，是要幫助丈夫。但她看我把藝術說得那麼重要，而且又要和她結婚。而最重要的，還是說要和她結婚。

她並不算愚蠢，但她這種程度的人，是不會了解什麼是藝術，也不知道什麼叫做「藝術是生命」。她只知道反正我要和她結婚。遲早，她總要在我的面前把衣服脫光的。

次日下午，當爸爸媽媽在午睡的時候，我邀她到我的房間，當我把房門反鎖的時候，她竟怕得哭了。她的全身在震抖著。我叫她和衣躺下，給她作畫，我看她略微平靜下來，就湊過去輕輕給她一吻，然後慢慢的把她的上衣脫了。她還想掙扎，我有點惱然的說：

「妳如果還不相信我，我們現在就結婚。」

「你一定要跟我結婚呀！」

「傻瓜！」

我喃喃的說。

無論什麼事都是第一次最困難。以後，每當下午父母去睡午覺的時候，她餵好了豬，就自動地到我房間來。

她會自動地把衣服脫去，也會很自然地擺出我所需要的姿勢。我盡量不願意自己動手，她自己卻做得很好。

起先，我只畫了些素描，對她的肢體先做一番探索。現在，我閉起眼睛也可以畫出它的任何一部分。

差不多過了一個月，我正式作畫。我先畫一張坐姿，再畫一張臥姿。我的目的是在「井邊」。我要把它重畫，但我不能帶她出去。我知道就是把她的頭砍下來，她也不會答應的。在房間作畫，光線的處理上非常困難。我只好把輪廓畫好，然後去砍了幾根竹子，做出影子，把她分做幾次，由不同的方向畫了。

當我把那幅「井邊裸女」畫好以後，她就站到前面看了一下，說：

「你要把這個拿出去展覽，這樣教人看了，我怎麼受得了？」

「傻瓜，台北的人怎麼會認識妳？」

這件事我以爲沒有一個人知道，其實母親老早就知道了。有一次，她問我：

「你們關在房間裏做什麼？」

「畫畫！」我理直氣壯的說。

「還有呢？」

「沒有了。」

「眞的？」

「當然。」

「你們還是早點結婚了好。」

「不，我不結婚。」

「什麼！」

「我還不打算結婚。」

「你不喜歡她？」

「她很乖，我也很喜歡她。」

「那你爲什麼不和她結婚？」

「我不和任何人結婚。我打算一直畫畫。」

「那她怎麼辦？」

「她還可以再嫁人呀。」

「嫁人？你說什麼，還有誰要她？」

「她和以前還是一樣的。」

「你知道對一個女孩子是不能太隨便的。你爲什麼說要和她結婚？」

「我不這麼說，她怎肯讓我畫？我必須畫她，爲了藝術什麼都可以犧牲的，甚至連我自己的生命。」

「爲了藝術？我不知道你們的藝術是什麼東西。我們辛辛苦苦給你讀書，教你回來撒謊，回來欺侮自己的人。好吧，你們還是結婚了好，不然阿治有了長短，我這條老命也可以不要了。」

「不！至少我現在還不打算結婚。」

沒想到這些話都被阿治聽到了。以後，她就不再理我了。她在田裏仍然辛勤的工作著，只是臉部缺少以往所有的表情。除了工作以外，她就躲在房間裏。

有一次我從她的房前經過，看房門虛掩，就推門進去。

她伏在床上安安靜靜的哭著。

「阿治，都是我不好。」

但她什麼也不說，只是繼續哭著。

我拉著她的手撫摸著她的肩膀，除了向她道歉，我什麼都說不出來。

「你把我殺了吧。」

她突然轉身過來。那時，我看到世界上最苦悶的臉孔。我一句話都不能說，默默地離開了她。

四

那幅〈井邊裸女〉在全省美展入選了。美展會曾寫信告訴我，有人出高價收購它。但我拒絕了，所以他們就把它和另外兩幅作品和獎品一起寄還給我。

我們那個地方，交通不方便，郵差送信總是把它放在「店仔」。每天村子裏有人到鎮上賣菜，或買東西，就順便把它們帶回來。

我那些作品也給放在「店仔」。那天剛好阿福伯駕著牛車經過，就順便把它們放在車裏載回來。據阿福伯說，他在「店仔」拿它們的時候，就沒有包裝了。

阿福伯本來把它們倒放，畫面朝下，但牛車一進村道，許多孩子就趕來搭空車。他們把畫翻過來。

「阿治沒穿衣服！」孩子們就叫嚷起來。孩子們越叫，就來得越多，阿福伯也無法把他們趕走了。

「阿治沒穿衣服！」孩子們還是大嚷大叫。這把大人也吸引過來。當牛車到我們稻埕時，大概已聚攏了四、五十人了。

爸爸正在挑著牛糞，看了這光景，不管三七二十一就把整糞箕的牛糞塗到畫面上了。

那天晚上，阿治沒出來吃飯。

吃飯的時候，父親說：

「你怎麼這麼糊塗？阿治是個乖孩子，她現在已不好再住在這裏了，你還是帶她走吧，我知道她是很聽話的，你說要專心畫畫，但我相信她是不會礙手礙腳的。」

「不，我不想結婚。」我堅決的說。

「你怎麼不替阿治想想？」

「她並沒有做錯事呀。」

後來爸爸生氣了，我也回自己的房間。

媽媽大概要進去安慰阿治。那時，她才發現阿治不在房間。起初，大家都以爲她一定回娘家。她的娘家和我家只有三十分鐘左右的路程。大家都很焦急，父親親自到那裏探問，但阿治並沒有回家。

翌日早晨，有人在蓄水池發現了她的屍體。

父母親都很傷心，全村子裏的人對我的態度立刻變了。他們都看不起我。女孩子們更是把我當做虎狼之類，遠遠逃避我。

警察也叫我去問話。我不怕，在法律之前，我是沒有罪。

剛剛聘請我的學校，把我辭退了。

我從法院回來，想回家打些包裹。當我走到土地公廟附近時，碰到了阿治的哥哥。他把我擋住說：

「我知道法院會饒你的，但我絕不饒你！」

在暮色蒼茫中，我好像看到他手裏拿著槍。我不顧一切往崖底一縱。以後的事就不知道了。

五

現在，我躺在病床上。我問護士小姐，她們都不理睬我。我問醫生，他告訴我，我的右腿已被鋸掉。我的左腿也很可能遭到同樣的命運。但我一點也不感到傷心，因爲我還有兩隻手呀。

我問起阿治的哥哥。他是我的好朋友，小時候我們還一起玩過。他現在去當兵，再過兩三個月，就要退伍回家了。我問了他，大家都不說，他可能已自殺，就是不自殺也是有罪的。

我回想起阿治，我應該把她忘掉。但一個喜歡畫畫的人是不容易忘卻自己畫過的人物。

我給她畫過許多畫，我最喜歡的幾幅已被父親毀了，現在，其他的畫可能也已遭到同樣的命運，但它們在我的心目中仍然是我的「傑作」。

——一九六二年

一對斑鳩

一

吊橋就要看到了。

我沿著山邊再上了一段坡路，過了那山巒，就可以看到吊橋了。天氣很好，蔚藍的天空沒有一片白雲。汗水從前額流下，我掏出手帕擦了一下。山風吹過，覺得很是涼爽。再過五百公尺，就可以過那山巒了。過了那山巒就是下坡路。我已走了兩個小時的路，但一點也不覺得累，就只是一直流著汗，好像冬天被關在身體裏的都要爭著出來看看暖和的春天一般。

好久沒到鄉下來了，我很喜歡那裏。去年因爲準備考高中，就一直沒去過。阿舅曾寫信來，說表哥表弟他們都一直盼望著我去。

我終於走過了那山巒。從那裏望過去，眼前的一切都落在深邃的谷底。一條溪水像一條銀色的帶子靜靜地躺在腳底下，沐浴在春天的陽光裏，那麼安詳。在那條河上，懸掛著一條吊橋。我還記得，第一次過橋的時候非常害怕。但，現在它就在腳底下，從高處望過去，好像玩具似地。

我繞過山巒下去。左右兩邊是七八十度的山壁，右邊直指著天空，左邊一直通到谷底。兩邊都長著許多不知名的樹木和花草，已可以看到蝴蝶在那裏穿來穿去。

二

舅父和兩年以前比較，除了頭頂上少了幾根毛以外，並沒有什麼不同。他還是那麼健朗，那麼愉快，一見了我，就張開雙手把我抱了過去。

「哈，哈，哈，我的小妹妹，妳終於來了，妳媽媽很好吧！」

舅母在旁邊一直笑著。

「妳長得和妳媽媽一樣，面貌很像，脾氣也很像。從前，她也一樣，一高興就自己跑回來了。」

舅父很喜歡講媽媽的事。每次，不管我感不感興趣，總是一再地講著媽媽的事給我聽。雖然，有些他已講過好幾次了。但是，媽媽的事，我總是很喜歡聽的。

大表哥、二表哥都到山園工作去了。他們的年紀大我一點。三表哥還在縣城裏的農校讀書，他和我同是高一，但他比我早生幾個月。

第一天下午，他帶我到果子園。我邀四表弟一起去，他卻嘟著嘴跑開了。

我們在果子園鑽來鑽去。那裏有許多高大的龍眼樹、柚子樹，和一些橘子樹。各種樹木都在爭著吐嫩葉。

「橘子已摘過了，柚子正在開花，龍眼可還要等幾個月呢！」

三表哥歉疚地說，好像這是他的錯。

「隔壁山，阿發伯他們種有許多番石榴，我們去要一些回來？」

「不，不好意思。」

「山裏狸貓很多，阿爸總是不高興種。其實，牠們也吃不了很多，而且我們也可以用鐵鋏子抓牠們。」

他是一個標準的農夫，對果樹和肥料好像都有很豐富的知識。他說了很多，可惜我懂得很少。

三

我在廚房幫舅母燒晚飯。

「阿妗，媽媽說妳一定要找個時間到我們那裏呀。」

「我也很想去一次，只是一直忙著。而且，我們鄉下人，想著要到城裏，心裏就害怕起來。」

「沒關係，妳去了，我可以到車站接妳，星期天，我也可以帶妳出去玩。」

「阿姊，妳出來一下，我有一樣東西給妳看。」表弟在外邊探頭說。

「做什麼，阿芳？」

「阿姊，妳出來一下。」

我出去了。

「妳看！」他手裏抱著七、八個番石榴。

「哪裏來的？」舅母也跟了出來。

「阿發伯那裏……」

「怎麼可以隨便拿人家的東西？你不怕鐵鋏子？」

「阿發伯裝鐵鋏子的時候，還帶我去了呢。他很喜歡我，如果我向他要，他也不會拒絕的。我只是不喜歡繞那麼大的圈了。」說著，把番石榴統統塞到我懷裏，然後挑了一個最大的塞到舅母手裏。

「阿母，這個給妳，不要告訴阿爸。」

「以後不要再隨便拿人家的東西！」舅母說著進去了。

「阿姊，晚上我帶妳去抓魚。」

「晚上？」

「嗯，晚上，提著電石燈，拿著魚叉子，去不去？」

「嗯。」

「我在那棵大龍眼樹下等妳，一定來呀！」說著就吹起口哨走開。

「那調皮鬼又對妳說了什麼？」

「他說晚上帶我去抓魚。」

「妳不要跟他去，他阿爸知道了又要怪我。」

表弟比我小兩三歲，但比我高了一點。

晚上，我依了舅母的話，沒有赴他的約。吃了晚飯之後，舅母陪著我坐在稻埕上閒談。我忽然抬頭一看，一鈎新月已移到西邊山上了。山谷裏的夜，好像來得比較快，山谷裏的月亮也好像來得比較淸澄明亮。

「阿妗，妳看那月亮！」我指著月亮大聲喊著。

「嘿，妳不要用手指月亮！」

「爲什麼？」

「妳用手指它，它會割妳的耳朵，趕快拜一拜。」

「爲什麼？我們老師說月亮像我們住的地方，只是小一點，沒有水，也沒有空氣。它怎能割掉我的耳朵？」

「不是割掉，只割一點，很痛。到了學校，妳要聽老師的話，但到這裏來，妳就要聽我。趕快拜一拜！」

我眞的合起手掌，望月亮拜了一下。

「妳眞是個乖孩子，像妳這樣的孩子，我也願意花些錢給妳讀書的。」

「笛！笛！」

「那小鬼在催妳了。」舅母對我說。

「阿芳，你在幹什麼？晚上不要吹口哨！」舅父從屋子裏跑了出來，大聲喊著。

四

「阿姊，妳好壞，害我又挨罵。」

一早，阿芳就到我的床前向我抗議。

「眞的，那對不起了，今天晚上去好嗎？」

「嗯，一定的呀，妳再不來，我要生氣了！」

山谷裏的晚上很美，但山谷裏的早晨更美。我站在庭前眺望，中央山脈巍峨的連峰就呈現在眼前，淡淡地罩著雲霧。顏色最淡的是最遠的山，然後漸漸地加濃。帶子似的溪水從那山與山之間，蜿蜒流出。它的水是那麼地清澄。母親時常提起舅父帶她到那裏抓鱸鰻的事。

以前，我也曾經要舅父帶我去抓鱸鰻，他說我太小，後來又說這附近沒有什麼大魚了，因爲城裏的人用電去電牠們。如果要抓大一點的，要再進去一點，但現在他年紀大了，不敢去。表哥他們就不行了。

我不知道阿芳要帶我到哪裏。但，無論到哪裏都一定很有趣。我一定要跟他去。

「阿姊，我帶妳去看一樣東西。」吃了早飯，阿芳又來纏我了。

「看什麼？」

「看了妳就知道，來不來呢？」他神祕地笑著說。

我們一齊翻過屋後的山巒。

「阿姊，妳們那裏有沒有海？」

「海？什麼海？」

「妳們那裏靠不靠海邊？」

「噢，沒有，不過離海很近。」

「很近，眞的？我很喜歡海。」

「你喜歡海？你到過海邊？」

「沒有，我連海都沒有見過。不過，我知道我一定會喜歡它。」

「爲什麼呢？」

「阿爸說，現在河裏的魚少了，有也只是小的，以後，可能連小的都會更少了，要抓魚就要到海裏了。」

「你要到海裏抓魚？」

「那也不一定，反正我會喜歡它。」

我們又翻過一座小山。那裏果子樹也少了。大部分是種著相思樹。相思樹在開著黃色的小花。

「妳看看那樹上。」他指著一棵高大的相思樹說。

「哪裏呀？」

「就在那裏。」

我靠過去，順著他手指的方向望過去，在很高的地方，在枝椏間有個大鳥巢。

「什麼鳥的巢？」

「斑鳩。我上去掏幾個蛋給妳？」

「不，那麼高。」

「妳不要怕。阿爸還時常說妳膽子大呢。」說了，他就矯捷地爬上去。他一直往上爬，爬得那麼高。我看他在枝椏上盪著，心裏實在害怕。

「不要再上去了，我不要了。」我大聲地喊。

「沒有關係！」他也大聲地喊。

我並不是怕他失手，我害怕樹枝斷了。

「我要回去了，我要告訴阿舅去了！」

「不要走，我下來就是啦。」

「不要再那樣，不然就不跟你出來玩。」

五

晚上，我偷偷地和舅母說了，就到那棵大龍眼樹下會阿芳。他已在那裏等我。四周很靜，只可聽到溪水淙淙地流著。聲音是那麼清脆，那麼柔和。我們沿著山路走，不久也就走到溪邊。

阿芳把電石燈點亮了，並且把火焰調節一下。

他左手提著燈，右手握著一把比手掌更寬的魚叉。那把魚叉對他好像太大了。

他用燈照到水裏，水還是那麼清澄。但，燈光下所看的和在白天所看的大不相同。

「妳看，那邊有一條魚。」

「什麼地方？噢，我看到了，快點把牠叉住了。」

「不，那條魚太小了。」

我們沿著河邊走著。

不久，我對這種燈光也漸漸慣了，也可以看得更清楚了。

「阿芳，你看那邊不是有一條大的？」

魚在燈光下，就好像給什麼強有力的東西鎮住一般，只是靜靜地停在水中，不會逃走。

「那還是太小了。」

「那並不小呀。」

「不，還有更大的，抓魚要有耐性。」

看來他並不像是個十三、四歲的小孩。

「你不來，我自己來，把叉子借我一下。」

「不行，妳拿不起它。」

說著，他就把叉子往水裏一叉，一條兩三寸大的魚就給叉住了，牠的尾巴還輕輕地擺動著。

「我說太小了，妳不相信。」

「我就沒抓過這麼大的魚呀！」

「噢，眞的？」他好像有點同情我。

我們慢慢地走著，四隻眼睛一直注視著水中，他還是那麼沉著，而我看了那麼多悠游自在的魚，不禁神往。

「讓我來一下。」經不起我的糾纏，他終於把魚叉交給我。我接過來，的確很重。

「那邊有一條。」他好像不再選擇大小了。

我用力猛戳了一下，以爲一定叉住了，但，等我抽出來一看，卻什麼也沒有。

「不是那樣抓。」

他拉了我的手，把姿勢矯正了一下。但我還是拿不好。

「我可不可以走到水裏去？」

「下去是可以的。但水一盪起來就看不清楚。」

「我下去看看。」說著我就下去，他提著燈跟我一起下水，我們站在水中，等水波慢慢平靜下來。但溪水是流著的，水影總是盪個不停。

「別動，那邊有一條很大的。」

我順著他的指尖望過去，果然看到一條五寸大小的大魚，那是比我們今天所叉到的都大的多。

「把叉子給我。」他說。

「不。」我必須把這一條叉住，經過幾次的失敗，我已漸漸知道握拿叉子的方法了。那條魚慢慢地游過來。

「等一下。」我拿起叉子的時候，阿芳喊住了我。「太遠。」那條魚果然向這邊慢慢地游了過來。

「把牠叉住。」他說。那時我的腳動了一下，那條魚好像受驚了，就想逃開。

「咦！」我用力戳了過去。

「哎唷……」

不好了，我又到了阿芳的腳。他的身子向後踉蹌了幾步，差點把電石燈摔到水裏。

他連忙退到岸上，用燈一照，左腳的大拇趾給叉到了，血在流。

「對不起！」

「沒關係。」

我掏出手帕給他，創口大概有兩公分多寬，很深。

「妳不要跟阿母說，她聽了會難過。」

晚上，我整晚沒睡好。

六

次日，我心裏一直發悶。從早晨我就一直沒有看到阿芳。阿舅他們好像已曉得昨晚的事，只是不知道阿芳受了傷。他到底哪裏去了？我下午就要回家了。中午他也沒有回來吃飯。我一直在擔心，但阿舅他們都說不要緊。

舅母抓了一隻大閹雞給我拿回家，三表哥替我帶到坡頂。上了山坡，我叫三表哥回去。我停了一下，回頭望著那個山谷。山谷四面環繞著山，只有那條像帶子似的溪流，蜿蜒轉向西流去，好像那是唯一的出口。這時，我一直想著阿芳，也一直為他難過。他到底哪裏去了呢？當舅父、舅母和表哥他們送我出來的時候，我還在找他。他到底到哪裏去了呢？

我正望著谷底發呆的時候，看見從底下跑上了一個人來。

「喂！」那人在喊。

「喂！」我也喊了一聲。

那不正是阿芳嗎？我看他一下子沒入山後，一下子又鑽了出來。

「喂，阿姊！」他一直奔跑上來，我趕快跑下去迎他。

「你到哪裏去了？」

「我，我，我到後山……」他氣吁吁地說。

「到後山？幹嗎？腳有沒有關係？」

他赤著腳，腳趾裹著手帕，濕濕的，好像又淌血了。

「沒有關係，妳看！」

他雙手各抓著一隻斑鳩。

「你又爬樹了。」

「不，白天就是爬上去也抓不到。我用網子罩住牠們，好不容易等了一早晨，牠們眞聰明，好像知道，但後來還是飛下來吃東西了。……」

斑鳩在他手裏掙扎著，頭不停地轉動著。

「這兩隻給妳。聽阿母說妳走了，我來不及找籠子。」

「謝謝。」我把東西放下，伸手接了一隻，把牠捧在手裏，牠在掙扎，牠的爪子抓了我，很痛。

「抓好！」他的話還沒說完，我的手一鬆，牠就掙脫了。牠先往上飛，然後低翔過來，望山谷飛過去。我有點悵惘，怔怔地望著那隻斑鳩。那時我只覺得阿芳把手一揚，把另外一隻也放了。我看牠鼓著翅膀向上衝，然後又向谷底那邊低翔過去。很明顯地，牠們是飛向同一個方向。開始，我給他的行動怔住了。但我轉過頭去，看見他正望著我在笑。

「要嘛，就一起來，留下一隻怪可憐的。」

我好像知道他的意思了，也不禁笑了起來。

兩個人都笑了。

「我送妳到車站？」

「嗯。」

「有一天，我會去找妳。那時妳一定要帶我去看看海，好嗎？」

「嗯，好的。一定的。」

他俯下身，把傷口紮好，又站了起來。

「我替妳拿東西。」

我們都笑了，一起爬上坡路，到了坡頂，我們回頭望望山谷，那兩隻斑鳩已看不見了。山風迎面吹過來，很是涼爽。

——一九六三年

水上組曲

一

他站在船尾，用力撐著竹竿，船划開了平靜的水面。他是舊鎮最好的船夫。對岸是沙灘，他用沙築成了一條長長的沙岬，伸出水裏，用以停靠渡船。一個人站在沙岬上。他用力再撐了一下，肩膀上的肌肉在顫動，船已在河中央了。這麼寬的河面，也只有他能夠撐十下就把船渡過。

這幾年來舊鎮的龍船隊靠了他把舵，才能一連得了三次冠軍，把那大銀杯永遠據有了。

他把竹竿抽了起來，水沿著竹竿流下，滴下晶亮的水珠。竹竿的末端還挾著些黑沙，在水裏劃了一道黑帶，漸漸沉下。他肩胛上、手臂上的肌肉都在律動著。他可以感覺到。

天還沒大亮，船劃破平靜的河面滑進。前面是沙灘，背後是堤岸。

舊鎮是一個古老的城鎮，長長的，有人把它形容爲女人的纏腳布，既臭又長。長是事實，但一點也不臭，只是老，老得像一塊長滿綠苔的巨岩。在這裏，要找一幢兩層樓都不容易。這裏，有的是古老的廟，全鎮最魁偉，最堂皇的建築物，也就是那些廟，那些古老的廟。

舊鎮是一個長長的城鎮，沿著大水河延伸。聽說，古時候，有一條街，後來被水沖坍了，一條街，完整地，被割進水裏，慢慢地你可以感覺到，但卻不能避免。

很久很久以前了，從福州、汕頭、廈門來的帆船，可以直駛到舊鎮媽祖廟直對下去的河邊。那些龐大的，裝滿著奇貨的帆船可直駛到舊鎮的河邊，在那裏裝卸貨物。舊鎮就自然地變成了一個市集。當時，聽說舊鎮是全台灣屈指可數的商埠。

那一條古老的大街，已一大半被刮進河裏了。所剩下來的只有較不重要的一半。那一半還是那麼地舊，還是那麼地老，好像不願意改變一下，也好像不可能。

他用力再撐了一下。整個河面淡淡地罩著水煙，輕輕地挪動著。水並不深，只是河底高低不平。船向沙岬撞了過去，微側著船身擦過，船頭微微抬起。那個人上了船。他把船往後撐了一下，掉轉了船頭。

他習慣地望著河堤上的石階。半個小時以前，那煙囪已冒過煙了。那古老的，微微彎曲的煙囪。他沒有戴錶，但他知道那個煙囪已在半個鐘頭之前冒過了煙。他在這河上，望著河堤上那煙囪，已有五年以上的經驗了。半個鐘頭，他是不會錯的。

他望著那石階，那古老的花崗石的石階，有幾級已被水沖走了，用水泥補過。四周長滿著蔓草。

她今天會穿什麼衣服，和昨天的一樣，還是和前天的一樣呢？他還記得清楚，前天是穿白的，昨天是穿淡藍色的。今天大概還不會換吧。

她果然又穿著那淡藍色的布衣，白色的布裙，沒有錯，那是她，他只需用眼角一瞟，就知道那是她。他總是用眼角輕瞟著她的。

他用力撐著，船猛撞過去，那人往前踉蹌了一下。他只覺得太近了，無法多用一點力。他是全鎮最好的船夫。

他俯身把錢撿了起來。就是在他俯身撿錢的時候，他也知道她在下著石階，一手挽著籃子，一手提著木屐。是的，她下石階的時候，總是把木屐脫下，拿在手裏。他覺得她的裙子在輕盪著。他沒看錯。他明明知道她不會看他，像他偷看她一般。但在他背著她的時候，他總覺得她的視線就在注視著他。

她已到河邊了，把裙子輕輕撩起，輕輕盈盈的蹲下。水輕輕地漾起，水聲輕輕地響著。肥皀的泡沫慢慢流了過來。然後，她揮起擣杆，那聲音響徹了河面，然後，又是一聲輕輕的水聲。

他還記得，有一次，她在洗衣服的時候，忽然，有一件給水流走了，她嬌叫一聲，站了起來。她就站在現在蹲著的地方，他坐在靠岸的地方。他拿起竹竿，把那件衣服撈起來給她。他還記得，她低著頭，紅著臉，笑了一下，只是微微地笑了一下，沒有一聲謝謝，只是紅著臉，伸手過來接了。

另外，還有一次，她自己下了水，把衣服撈起，那時，他也在這個地方，她沒有叫，但也是紅著臉，等她上岸，裙子已濕了一半。以後，她再也沒有失過手。

她是不是討厭他老是把船靠在這邊？

「渡船！」

對岸又有人在喊他。他蹬著腳尖，用力往後一撐，向後退了一步，再蹲下去。船像箭一般向河心射出，他的肌肉在抽動，那寬闊的肩膀，那結實的「腳後肚」。

水霧已漸漸消散，東方已染成淡淡的橙黃色。他覺得她在往後退，漸漸地。她快洗好了吧！不知有多少次了，就在他背向著她之間，她悄悄地走了。

他把船轉過來，她的身影漸漸地迫近他。她蹲在水邊，兩手急速地動著。水以她爲中心，不停地盪出同心圓，一直追著過來。船輕輕地滑進。他瞟了她一下，用力一撐，一站一蹲。他的視線從她頭上望過，沿著石階慢慢地望上去，那是一幢古老的房子。曾有一天，在那古老的門檻上，掛起過紅色的綵布，但下一天，她又在那石階出現了。他還記得那件事，他一直記著，好像在昨天發生過一般。

二

在舊鎭國校的禮堂上，台下已擠滿著學生、老師和家長。台上，依序排著那些鎭上的顯要。有省議員，有分局長，有鎭長，也有幾位富紳。鎭上任何集會總少不了這些人。

他也坐在上座。他揀了一件最好的衣服，爲了這個日子，他還特地買了一雙白膠鞋。但和旁人比較起來，總是自覺得寒酸，不免有點畏縮起來。

自從他撐了渡船以後，他就很少到鎭上來，有時候出來看場戲，他也只坐在後面。但，今天，他是主角，在左邊胸前，還有人替他別了個圓圓的，帶有尾巴的，紅框的花籤。上面寫著他的姓名。

小學生們坐在下面，伸出長頸在望著他。老師們在旁邊維持著秩序，看學生一動，就趕快過去，使手勢，要他們把脖子縮短。

一個很熱的下午，他坐在船尾打盹。幾個小學生在河裏涉水。

「不要下水！」

他曾經警告過他們，因爲有人在河裏採沙，河底高低不平，鬆實不一。

「不要下去！」

但孩子們只是不理他。他揮了竹竿趕了他們，他們跑開了。天氣只是熱，太陽照在他那寬闊的黑褐色的肩膀，在發亮。河水慢慢的流著，他把竹笠拉低，在船尾打起盹來。

不知經過多久了，他聽到有人喊著：「喂，渡船的！」

他睜眼望著對岸，乾熱的沙灘上熱氣在嬝嬝上升。沙灘上並沒有人，河邊也沒有人。是他聽錯了，不會的，因爲職業上的關係，他什麼時候都可以睡，什麼時候都可以醒。他的耳朵是不會錯的。

「喂！快來呀！」這時候，他才注意到聲音是從這邊岸上傳過來的。他往上游一看，有一個人在堤上向他招手。

「快！有人快沉下去了，快！」

往岸上一躍，向上游奔了過去。水並不很深，兩個小孩子在水裏沉沉浮浮，離岸很近，他涉水過去。把他們一個一個拉了上來。

「還有一個！」

一個小孩躲在樹後喊著，其他的大概都跑了，只剩這一個。

「什麼地方！」

「那邊，就在那邊。」

他向小孩指著的方向游了過去。

「這裏！」

「過去了。」

他停下來，想轉身回來，突然有什麼東西抱著他，把他雙腳緊緊地抱住。他用力把腳抽回來，但是他的雙腳還是給緊緊抱住，不能掙脫。他心一慌，也跟著沉了下去。

「那是什麼？」當他沒入水裏，立即又鎮靜起來。他立刻屏住呼吸，那東西一直在拉著他，水並不很深，他的腳好像已觸到河底的沙，那沙只是鬆鬆的。他用手划了兩下，用力想把腳抽回來。但他的腳一動，那東西就要緊緊的抱住他。他靜靜的停在水中，吸了一口氣，連水一起吸進，然後再把水吐了出來。那東西還是緊緊的抱著他，往下拉。他的腳又好像觸到河底，他慢慢伸開雙手，再用力划了一下，人就浮了上來。他仰著頭。在河面吸了一口氣，那東西又用力把他拉了下去，用力地拉，他感到腳上的血液停止了循環，那東西在痙攣。然後，有一點，只有一點點，鬆了起來，他連忙把腳抽開。

他望著坐在他對面的那三個小學生，他已認不出是哪一個曾經抱住過他的腳，他怎樣也不會相信那三個臉色蒼黃，四肢細瘦的小孩，無論哪一個，會有那麼大的力氣，抱住了他的腳，叫他無法掙開。

現在回想起來，他心裏還有點悸動。水如果深一點，他如果抱的不是他的腳，而是他脖子，如果他是剛剛沉下去的話，那……實在不敢再想下去了。

鎮長站了起來，就了位，典禮開始了。

他遞給他一張獎狀，和他握手。小學生在底下拍手。

省議員、分局長一一和他握手。校長代表學生向他道謝，說他是舊鎮最勇敢的人。家長會會長代表家長贈送禮物給他，也和他握手。

他們和他一一握手，這是他從沒有過的經驗，他好像都不認得他們，就是兩個人的手握在一起的時候。他望望那三個學生，他覺得他們也很陌生。

每一個人站起來和他握手，一連串的握手使他的手微微濕了。小學生在下面不停地拍手，他一生就沒有到台上來過。他往台下掃了一眼，千百對小眼睛都在注意著他，他有點害怕，但他還是把全場掃視一遍，好像在尋求什麼，一個影子在他的腦際徘徊起來。

光榮，勇敢，他聽得很多，他們都說那是屬於他的，但他只覺得惘惘然，他沒有辦法在這些重疊的字眼裏找到自己的影子。

三

風很大，霏霏的細雨不停地飄著。

他坐在船尾，船不停地盪著。天已黑了，颱風已經迫近了，船在盪，對岸的樹在搖著。他把煤油燈點燃，掛到揷在沙灘上的樹枝，燈在搖曳著，猛撞著樹枝。他用破布裹樹枝，怕燈罩撞破了。

對岸，沿著河邊的是後街，中央有個小公園，沿著後街差不多等距離有一盞一盞的路燈。船對岸是通往媽祖廟的馬路，他還可以看到媽祖廟的飛簷。

那馬路的左邊，後街上，那一幢古老的房子，那門、那門檻上曾掛過紅綵。就在掛過紅綵的次日，她又在河邊出現了。他放心了。但那，他想，又能說些什麼呢。

他望著那古老的門，樹在搖曳著，那門在捉迷藏似的一隱一顯，有時給遮住，有時又露了出來。

不知有過多少晚上了，他曾望著那扇門，那扇一天到晚緊緊關閉著的門。他又想起了那天到學校參加頒獎的事，他記起了不屬於自己的話——光榮，勇敢，典範。

他也想起了那些碩大的，汗濕的巴掌，當那些手掌和他的相碰的時候，所發生的那種異樣的感覺。那時，他曾希望過，應該有一張臉孔對他比較熟悉的，他曾經把整個會場掃射過一番，他只看到無數的臉孔，但他根本就沒有看清楚過一張。

那種場面並不會使他聯想到自己所碰到過的任何一種場面。只有在這河邊，無論是白天，無論是黑夜，只有面對著那扇門，只有背向著那扇門的時候，那古老得像傳說的門的時候，他才不會感到陌生，他心裏才覺得安寧。

風在颳著，越來越大，雨還是細細密密的下著，好像撒下粗一點的水煙。大概不會再有渡客了，但他必須再等一下，萬一有人冒著風雨跑到這裏，發現沒有了擺渡，那個人是不是有勇氣再折回去？

以前，大戰快要結束的時候，有個日本傳令兵，在一個暴風雨的晚上，帶了一個密令到舊鎮來，河流已漲了，渡船也已收了擺，那個傳令兵把衣服綑在頭上，想在暴風雨之夜泅過大水河，結果是把衣服和刺刀都丟了，人又折了回去，後來那個傳令兵給關了「重營倉」，每天，還派了三、四十個日本兵在河裏打撈，想撈起那把刺刀。

那時候，他還小，他的老祖父還在。老祖父時常對他說，一個日本兵怎能在暴風雨之中泅過大水河。全舊鎮，找遍了全舊鎮，才只有他一個人，曾游到一半，把一隻被水沖走的活豬拉了回來。但那已是很久以前的事了，祖父還很年輕，他還沒有生下來，就是他的父親也還沒生下來，也許在祖父所能記憶到的，所能聽到的，就沒有一個人敢在暴風雨裏下水。那個日本人還算有種，但還是不夠，他折了回去，還把東西丟了。

他望著那扇門，路燈遠遠地照著，整個門有一半以上已沒入門框的陰影裏，只是一片漆黑，但他還是可以認得它的輪廓，就是閉著眼睛，也可以指出正確的方位，畫出正確的形狀。五年來，他好像就是爲了要認它而存在的。

老祖父也是個船夫，在他的時代，他也是舊鎭最好的船夫，但這一點並不足使他也成爲船夫，也成爲舊鎭最好的船夫的理由。他的父母早已死了，祖父時常講著船夫的故事給他聽，但他並不一定要他也成爲船夫。

那煤油燈還是不停搖曳著，燈罩不停地扣著樹枝。這時候，大概不會再有人了。他望望那扇在樹後隱隱藏藏的門。再等一會兒看看，他想著。

天是漆黑的，靠了對岸的燈光，還可以隱約看到煙霧在急速地移動著。暗黃色的煙霧，稀稀疏疏地移動著。老祖父是個好人，他泅到河裏，拉了一隻活豬回來，鄰居們都吃到了豬肉，卻沒得過獎狀。如果他老人家還在，也許會對他說，救了三個人算什麼，水是那麼淺。那的確沒有什麼。他覺得實在太偶然了，一停下來就碰到那小孩的手，自己差一點把老命送掉了，他也曾經救過大人，但卻沒有過這種經驗。

他望著那扇門，樹後那扇古老的門。他很想有一次能看到那扇門裏面一下。很早，他就有這種願望，只是一直沒有機會。那裏頭是不是也有一口古井，雖然他沒有使用過家裏那口古井。

那個時候，突然地，所有的電燈都熄滅了。颱風還沒來，怎麼電燈一下子統統熄滅了。他的眼前立刻變成黑暗，但他的眼睛還是注視那個方位，現在一切都變成漆黑了，但他好像還可以感到那樹在搖動，船在盪著，他的視線一直注視著虛空中的一定點。

四

好久沒在家裏睡過了，回到家裏反而睡不好。昨夜，風越來越大，雨也開始下了，他叫人幫他把船推到岸上。

整個舊鎮在黑暗中，在暴風雨中靜靜地躺著。祖父曾經告訴過他，半邊的街曾被洪水沖走了。

他自己燒了些水，洗好了澡，好久沒有用熱水洗過澡了，想躺在床上好好地睡一下，但卻一直睡不著。在學校那烘熱的場面，那消失在黝暗中的古老的柴門，又交互在他的腦海中出現。還有那結在門檻上的紅綵，那是代表著什麼呢？生日吧，好像不是，結婚吧，也不像，訂婚吧，那是比較可能的。但他也沒有發現可靠的證據，如果在那柴門背後，有人訂婚了，那會不會是她呢？

他在床上翻來覆去地想著，但一直想不通。不去想它吧，但那怎麼可能。整天，他不是對著那柴門，至少也背著它，對著它和背著它不是一樣嗎？他每次都想把她看個清楚，但他不能夠。只有一次，他曾面對著面看她，她的臉紅了，他自己的臉是不是也紅了，他已記不起來了。

早上，一睜開眼睛，天已亮了，風吹著，電線不停地呼嘯著，雨一陣急一陣緩地打著屋頂，天是昏昏黃黃的不知已幾點鐘了。他還不覺得餓，還是再睡一下吧。

「來去看大水呀！」有人從窗外小巷走過。

「看大水呀，水眞大呀！」

昨天晚上，他們幫他把船推上岸，繫在河邊的榕樹是不是繫牢了，不知水淹到沒有。那隻船是他的生命，還是出去看一下。

他戴了竹笠，穿了棕簑，把木屐踢到一邊，拉開門出去。風雨打在他身上，他把竹笠戴好，沿著小巷出去。

船位已淹到水了，船在水裏盪著。他看看繩纜，還繫得很牢，暫時大概沒有關係。

他沿著河邊往上游走著。灰色的雲低罩著灰黃色的水。風在颼颼地颳著，雨在下著，一下子斜著掃，一下子直壓著，一下子好像有人用大篩子篩著，緊緊密密地，畫出無數柔和的曲線，一直打到河面。河面是一片煙霧，把河上密密地罩著。風颳過偶爾可以看到隔岸，沙灘低窪處，模糊的竹影，已有半截沒入水中了。

在呼嘯，在怒吼，那隻無羈無絆的，無限大的野獸，在打翻，在掀動，那條狂怒的無限長的巨蟒。

他走到小公園，河邊用紅磚砌成的堤防，已快全部被淹沒了，十多年來，他沒有見過這樣大的洪水。

水一直在拍打著磚堤，把那些紅磚沖洗得乾乾淨淨，混濁的水沖了過來，立刻又退了回去，另一個浪頭又用力打了過來。

水在翻滾，水在打旋，混濁的水，把許多土塊溶化在一起，那飛濺的是土塊，那洶湧的，湍急奔流著的是土塊的溶液，把整個土山溶化在那裏，用力攪過，然後，從那高處，往下瀉著，把所經過的，把所能觸到的一切，順手攫走，那力量無法抗拒。

草木連根拔起，花木、樹枝、竹子拼盤在一起，冬瓜在水裏飄浮、滾動，是魚雷，也是艦隊，不停地向前衝。

祖父就在這種情形下過了水，把一隻活豬拉了上來？他想著，如果祖父還在，他也該再問問他。

他走到公園的圍牆邊，圍牆那邊，就是媽祖廟口的馬路。許多人聚集在牆邊，牆邊有一幢小房子，以前是鎮上的圖書館，就在河堤上，有一棵大榕樹，榕樹下排著五、六根大石柱。鎮長穿著雨衣，也站在牆邊望著。他向他輕輕點頭，鎮長可能沒有看到，並沒回他。也許他戴著竹笠，沒看清楚他的臉。

水位還在慢慢地上漲，已快淹到堤頂了，舊鎮還是屹立在堤上，水在擊拍著堤岸。

「水眞大，這是我看到的最大的一次大水了，已比十年前那一次還大！」一個三、四十歲的人興奮地說。

「不，」一個五、六十歲的老頭，立刻打斷了他的話。

「這算什麼，大概在四十多年前，你大概還沒生下來，那一次可大多了，水曾淹到這裏呢。」說著，走到虯結的大榕樹幹旁邊，在半腰劃了一線。「那時，這棵樹還只一半大呢。四十多年了，那是很早以前的事啦！」雨水一直從樹上滴流下來，打在那光禿的頭頂上。

祖父也曾向他提過那次大水，但那以前，還有一次更大的，可惜祖父已不在了。他總是說，他曾在街上划過船呢。

水從河堤較低處慢慢地淹了上來。孩子們跑著過去，用腳在水裏踩著，踩著，笑著，叫著。

「小鬼，要送死嗎！」大人躲在屋簷下大聲地喊著。孩子們聽了聲音就退了回來。水不停地沖擊著堤岸，把雜草，把泡沫一齊推了過來，然後又把一部分捲了回去。

「青蛙！青蛙！」小孩子們喊著，又向前湊了過去。青蛙好像已被水沖昏了頭，輕動著四肢，懶懶地游了過來。孩子們俯身下去，一把抓住了。

「蛇！」蛇也被打了過來，微抬著頭在水上，也是懶洋洋的。小孩子們看了蛇都退了回來。那時，一個較大的孩子走過去，腰身一蹲，迅速地捉住蛇尾，把手伸得遠遠，輕輕地，卻很快地，抖了好幾下，把背脊骨椎抖直了，就不會翻上頭來咬人。

他繞出圍牆，牆下也躲著許多人。馬路下去的石階已統統沒入水裏了。他想再沿著河邊走上去，但一下子又猶豫起來了。

河上還是罩著一片煙霧，風逆著水猛颳著，掀起高大的浪濤，一稜一稜，泡沫一掀到波頂就被水濺個粉碎，但一到波底，就又攏了過來。

還是走過去。

又一次，他看到了那古老的門，門框上，門板上所貼的春聯，都已褪了色，大半已剝落了。

他沿著河邊再過去。那裏是「大轉彎」，從大轉彎望過去，一片白茫茫，混濁濁的河水，浩浩地望這邊衝了過來，經過大轉彎，劃了一鈎強有力的曲線，又向河心衝了過去，那氣勢，使整個河面都傾斜起來。

以前，碰了大水，這個地方就時常給沖坍的，整個堤岸被沖掉。有個人站在碩大的合歡樹邊，用繩子繫住腰，手裏握住一根很長的竹竿，在那裏打鈎。

大轉彎過去，是一片較低的菜圃，大半都已被水蓋過了，不能走過去。他停了一下，也就轉身回來。風迎面打著，雨水一直掃了過來，水珠不停地從棕簑滴下。他用手擎住竹笠，微微低著頭，頂著風走回去。

當他走到那熟悉的門口，忽然看見那門開著，他向裏頭瞟了一下，只是瞟了一下，一個女人彎著腰在刷洗著屋簷下的地。她赤著腳，捲起衣袖，旁邊放著一個鐵桶。他沒看到她的臉。他又向她瞟了一眼，她的皮膚是那麼地白，沒有給太陽曬過的地方更加白皙。自從那一天他替她撈起衣服之後，他就沒這麼近地看過她。

忽然，她提起水桶，把地沖了一下。她也看見了他，嘴角微微動了一下，好像在笑，也好像不是，立即把頭轉了回去。這時，他才發現自己站在那門口，五年來第一次站在那裏，但除了她，他什麼也沒看到。

當他走到馬路，忽然有個孩子大聲喊了起來。

「水牛，水牛！」

他回頭，順著孩子所指的方向一看，就在大轉彎過去的河面上，有一條水牛，不，只有一對犄角，偶爾在波浪之間露現，順著水勢，向這邊堤岸直衝過來。那是水牛嗎，一對犄角在水面載沉載浮地漂盪著，顯得那麼輕渺。

牠流過了大轉彎，又順著水勢，漸漸被沖到河心。牠好像還活著，好像想掙扎著過來，但整個身子，像陀螺，在水裏打轉了一下，又在浪濤裏沉沉浮浮，一會兒就消失在煙霧中了。

他又想起了祖父的話，祖父曾經在暴風雨裏下過水，把一隻活豬拉了上來。灰色的雲低罩著，蓋壓著，煙霧急迅地飛馳著，好像整個天都在移動著。

他回頭一看，她正提著鐵桶出來堤邊勺水。他看見她一腳輕輕伸進水裏，探探深淺，踏實了，正想伸手勺水。她如果失了足，這種奇妙的念頭突然衝上了他的腦殼。到底是希望她掉進水裏，還是希望她不要掉進水裏，他不知道。只是，在那三個小學生掉進水裏之後，曾有過一次，他夢見她掉進水裏。

有一株刺竹連根拔了起來，像水車滾動，一高一低，從她身邊流過。

「救命呀……救命呀！」

隱隱約約從大轉彎那邊傳來了兩聲呼救。

他抬頭一看，有個人在河裏，半蹲著，舉起一隻手拚命地揮著。水迅速進撞著過來，快速地切過大轉彎。那個把身子綁在合歡樹幹的打鈎的人，曾把手裏的竹竿遞了過去，但還不夠一半長。

「救命呀！」他的聲音已嘶啞了，水流是那麼湍急，一下子就通過了大轉彎，他已可以看清那個人蹲在竹筏上，一手緊緊地抓住竹子，另一手不停地揮著。

「救命呀！」那人好像在對他喊著。有人在他肩上拍了一下，他回頭一看，鎮長就站在他的背後微笑著，他在鎮長臉上又看到了頒獎給他時的表情，他一直注意著他，微笑著，他回頭一看，水在急速地流著，她站在堤邊，手裏提著水桶，望著他。他還記得，第一次她的衣服被水流走，她也是這麼站著，這麼望著他。

水流得那麼快，那個人就快流到面前來了，他根本沒有思慮的時間，把竹笠拿掉，脫下了棕簑。水是那麼地冷，但已下了水，游到竹筏和泅回堤岸是差不多遠。那竹筏在大轉彎劃過強有力的弧線，在他眼前十幾公尺的地方，顛顛簸簸，漸漸給沖到河心。他用力划著，水是那麼地冷，他曾在冬天下過水，冬天的河水也沒這麼冷。波浪像山峰一般不停地蓋壓下來。只要抓住那竹筏，他想著，突然，一股水沖了過來，嗆了鼻孔，他搖搖頭，嗆著他的並不是水，而是沙，是土。他的鼻腔好像被什麼東西塞住，只是感到快要窒息。他必須游到那竹筏，它就在眼前沉沉浮浮顛顛簸簸，他覺得有一股力量在抗拒著他，把他拉左拉右，拉上拉下。那股力和他以前所經驗過的完全不同。它雖然不那麼明顯，不那麼尖銳，但卻一直圈罩著他整個身子，無法擺脫。他又划了幾下，波浪向他頭頂不停地蓋壓下來，然後又把他高高抬起。只有十幾公尺，但那距離卻是無限的。當他浮上浪頭，隱約看到那個人向他伸著手，好像他不是救人，而是要被救。但他猛向浪底一頓，一個巨浪立即又往頭頂上壓過來，浪水又猛嗆了他的鼻孔，他覺得有什麼東西在猛拉著他。不能沉下去，一沉下去就無法再浮上來。他用力划只要使身子浮上來。

竹筏一共有三節，好像三個車廂，那一定是已經結好，準備水一漲就放下來賣的。風浪不停地把它掀起掀落，竹筏一定要直著走，一橫過來很可能被風浪打翻。他還感到喉嚨很不舒服，那個人蹲著身子，在另一端，他們互相對望著，沒有說話，風在怒吼著。水急速地奔流著，水煙密罩著河上，一陣風吹過，只看到眼前的景色迅速地後退著，河堤已過去了，過了河堤，地勢就漸漸平緩，河面也漸漸寬闊起來。水流有點緩慢，也有點向河邊流漲。這是他沒有預料的。

他做個手勢，要那個人過來，那個人只是望著他，沒有動，他半蹲半爬，移到前面一節。風還是不停地猛颳著，他抽出一根竹子，想探探深度，竹筏不停地掀動著，一根竹子沒入水裏，但還不夠底。他必須把另外兩節竹筏放開。他把鐵絲扭開。風浪一直打過來，有房子那麼高，從河堤上看，一點也不像那麼高。他用竹竿用力把其他兩節竹筏撐開。一點點也好，他必須想法子使竹筏靠近岸邊一點。那兩節望河心盪過去，已流到前面了。他用竹竿划了幾下，竹筏好像在移動，也好像不在移動。水流好像放緩了一點，但還是那麼快。

不能讓它一直流下去，他再用力划了一下。一根竹子不夠寬度，他再抽出一根，用兩根竹子划著。風浪把竹筏抬起抬下，他還沒有辦法站穩。他又用力划了幾下。竹筏必須保持和流水平行，才不會被浪打翻。

他再划了幾下，太慢。他放下一根竹子，用手裏的一根插進河裏，想再探探深度，竹子一碰河底，猛然一拗，差一點把他整個人摔到水裏。他手一鬆，「冽裂！」竹子在竹筏底下劃過，歪歪斜斜地插入水裏，搖晃了幾下，風浪蓋過，又慢慢地浮上來，倒在水面。

他再拿起另外一根竹子，再往水裏一插，這一次卻不夠底，河底是不平的，水面也是不平的。他又划了幾下，又把竹子插進水裏，竹子又是一拗，他用力撐了一下，他覺得手掌發麻，就把手鬆開，他看看那根竹子，竹筏又靠岸一點了。

他再抽出一根竹子，水流還是很急。他用力一撐，竹筏就橫著起來，浪頭一直蓋壓下來，竹筏左右猛烈擺動了幾下。他向前向後撐著，要使竹筏和水流保持平行。每次，當他把竹竿插進水裏，就感到手掌發麻，現在又感到手臂發痠，但他必須早點把竹筏撐開河心。

他不停地撐著，他覺得只用手是不夠的，他必須用腳和手，必須用全身的力把它撐起來。

「你也來一下，」風在呼嘯著，他大聲地喊著，那個人只是怔怔地望著他，好像什麼也沒有聽到。

「你也來一下！」他指著竹子，大聲喊著。那個人想站起來，但身子跟著竹筏擺了一下，又蹲下去，緊緊地抓住筏上的竹子。

他又用力撐著，現在，他只有一個念頭，他必須用力撐著，他的手臂在發痠，在痙攣，但他一點也不害怕，他好像已不懂得害怕。他必須繼續不斷的撐，他必須用力地撐。水還是在漲著，他已可以清楚地看到岸上的東西了，他也可以看到公路上的油加里樹了。風在颳著，所有的樹都傾斜到一邊，樹葉在飛揚著，有的連小枝一起折下來，一起飛著，一起橫飄著。

水已漸漸淺了，水流也緩慢了許多。岸上是菜圃，番薯稜一直伸入水中，有的只有葉蔓露在水上漂著，有的已全部沒入水中了。他還是用力撐著，站起來不停地撐著，竹筏輕盪著前進，然後向河岸撞過去。那個人還緊緊抓著竹筏蹲著。本來，他們是爲了要上岸的，但一到岸邊，兩個人都怔怔不動。一個蹲著，一個站著，默默望著陸地，也不想說話，也不想上去。

兩個人都在船上，風還在猛烈地颳著，船沿著水緣慢慢地駛著。船底下都是菜圃。他用手背在臉上揩了一下，臉好像用剃刀修過，刮去了一片泥濘。雨打在頭上，污水又流了下來，把那塊乾淨的臉頰又沾污了。他記得那只是三、五分鐘的事，也許長一點點，但回來時，卻整整花了一個多鐘頭，還沒看到鎮上的堤防。

他只覺得冷。兩個人在撐著船，一個站在船頭一個站在船尾，他們都是他的夥伴。船逆著水慢慢地划回去。以前，他是鎮上最好的船夫，但現在卻坐在船上讓別人替他搖著。他一直在發抖，他的手指，他的腳背都已被水浸皺了，呈淡紫色，一點血色也沒有。污水從他臉上滴下，滴在身上，再由身上滴到船板上。船板上也一片污水，隨著船身盪來盪去。河的對岸仍是一片白茫。

四個人都默默地，一句話也沒有交談過。忽然，他看到前面又有一艘船沿著河邊駛了過來。再望過去，河岸上好像有許多人在等著，他們一定是跟著他下來的。那船上，在兩個划槳的中間，站著一人，穿著雨衣。那是鎮長，鎮長望著他笑著，伸手給他，但他只是怔怔地望著。

岸上有許多人，船一靠近，才知道竟有那麼多人。有的穿著雨衣，有的穿著棕簑，大家都在望著他，自從他注意到他們，他們就一直在望著他。忽然，他看到有一個人，站在前面。那就是她，她沒戴著笠子，也沒有穿著雨衣。全身已被雨水淋濕了。她的手還提著那個水桶，好像它是她身體一部分。她也一直望著他，她的腳半截也沒入泥水中了。

祖父曾經告訴過他，在這樣暴風雨中下過大水河的，全舊鎮裏只有他一個人。現在他也下過了，如果祖父還在，他一定會說，在全舊鎮下過大水河的只有他們祖孫兩個，一個拖上了一隻豬，一個救上了一個人。但，現在曾在暴風雨中下過大水河的祖父，那一次，卻只淋了一點小雨就一病不起了。他們都說是年紀大了。不然，他一定會說，在全舊鎮在暴風雨中下過大水河的只有他們祖孫兩個。

五

他坐在船尾，把竹笠拉得低低的。他想睡一下，但卻不能夠。河水已經澄清了許多，已可以洗衣服了。三天前就已可以洗衣服了。他一直在等著她出來。

早上，他看著白色的濃煙開始從煙囪冒出，就開始計算時間了。那白色的濃煙漸漸發黃，再變成了黑色。水在流著，不停地流著。他望著那緊閉著的門，那古老的門，心臟不停地跳盪起來，他自己可以聽到，他們又要給他一個獎，他們說縣長也要派人參加。他要把這個消息告訴她。他不知道應該不應該去，但如果她高興，他就應該去。她是不是會高興，他不知道，但他必要和她說話。五年來，他們就沒有交談過一句話。水在流著。三十分鐘過去了，他的感覺是不會錯的。但那門依然緊緊地關閉著。水已澄清了，她沒有出來。五年來，第一次，她在該出來的時候沒有出來。

她是怎麼了。他的眼睛緊盯著那門，那古老的門楣上曾掛起過紅綵。三天來，他就一直緊盯著那。他看到她站在眼前。雨在下著，急促地，緊密地，斜打在她身上，打在她臉上。她的頭髮直直地垂下，緊貼著面頰，尾端微微捲起。她的衣服也緊緊地貼在身上，風在猛颳著，她手裏還提著水桶。好像那是她身體的一部分。站在水裏，混濁的水一直沖洗著她的腳，腳上沾著些草屑。水在沖洗著她的腳，草屑在動著。

她木然站著，嘴微微張開。水從她的頭髮流下，從她的面頰，從她的眉毛，從她的下巴流下，注下。風在颳著，她的頭髮貼在面頰，她的衣服緊貼著身軀。她木然望著他，微微張著嘴，嘴唇發紫，不停地輕抖著。她就站在水裏發抖著，水從她的腳邊流過。

水從他的腳邊流過，已澄清了許多。他望著河面，水面上還漂浮著泡沫，稀薄的泡沫。他坐得很低，河面顯得更寬更遠。水從遠處流著過來，好像有一股力不斷地吸引著它，越來越快，載著泡沫望船舷直衝過來，粉碎了，濺起細細的浪花。

水從船底流過，從另一邊湧了上來，輕輕地翻滾著，向那遠處流著過去。他把腳伸到水裏，好像要阻止水的流逝，但也像不是。水很冷，他把腳縮了一下，又把它們伸進去。水從他的腳邊流過。他把笠子輕輕托起，那門還是緊緊地閉著，好像自從他看到了它，它就這樣緊緊地關閉著。

他望著，等著。天邊還沒大亮，那熟悉的煙囱又冒出炊煙了。他想著，她會穿些什麼衣服。他的心臟又開始跳盪起來。他曾經等了一整天，不安和焦慮的一天，她終於沒有出來。第一次，在該出來的時候，她沒有出來。但，今天，她一定會出來的。他望著那煙囱，那炊煙，她一出來，他就要把那個消息告訴她。為了這，他已整整等了二十四個小時哩。在這二十四個小時裏，他一直想著如何啓口，一直想著要說的話。他在腦子裏不停地修正，不停地補充。

三十分鐘就要過去了。他望著那門，幾乎感到窒息。現在，她就要出來了。那門屹立在那裏，竟顯得那麼高。她出來了，他該對她說些什麼？時間一秒一秒地過去，他的心臟跳動得更加急促，更加猛激。三十分鐘，也許還沒有到，自己的估測也許不很正確。五年來，他第一次對自己的估測失卻了自信。

她到底怎麼啦？他又看到了她木楞楞地站在風雨中望著他，手裏提著水桶。她的手是那麼白皙，有點顯得細瘦。他又記起曾經夢見過她掉到水裏，她掉在水裏也不過是那種樣子。但自從那次以後，他能看到的，她就是那個樣子。他又望著那門，他該對她說些什麼？他應該把那消息告訴她？昨天準備了一天的話，就在他望著那門的時候，全部忘光了。但那有什麼關係，只要她出來就行了。現在，他所希望的，也只有這些了。只要她出來，我就去領獎，不，不僅是領獎，只要她出來，只要她高興，我什麼都可以做。

但這一次，她仍然沒有出來。

明天就要領獎了。昨天，有人向他道喜，還說報上登了許多關於他的事。他記起了上次領獎的事，他也記起了許多他無法了解的話，許多陌生的臉孔，還有那些汗濕的巨大的巴掌。如果她高興，他就去領獎，但她一定不會很高興，他不願意再去想那些領獎的事。他只覺得她才是最重要的。他只希望她出來，只希望能再看到她。現在，他連對她說話的企求都沒有了。他只希望能再看到她，在下水以前的她。

那門終於靜靜地啓開了。在那漫長的四十八小時之後。她出來了，她是應該出來了。他一直相信她是會再出來的。

他望著她慢慢走到石階，忽然聽到木屐踏在石階上的聲音。那不是她！他猛想起，她下石階的時候，總是把木屐提在手裏。他望著她，那的確不是她。自從她開門閃出了半個身子，他就知道那不是她，只是他沒有想起出來的會不是她。

木屐踏在石級上，輕揚起灰白的土灰。忽然，她停了下來，把木屐脫下，拿在手裏。她一手挽著籃子，一手提著木屐，但那不是她。

她把衣服擱下，蹲下身子。但那不是她。她在洗衣服，她抬起頭來看他，他也看著她，那頭髮，那身段，那膚色都有些像她，但那不是她。她在洗著、擣著、把衣服在水面揚著，然後把手一放，衣服慢慢地沉下去。她看著他，他也看著她，也看著沉下去的衣件。它原來是白色的，沉到水裏，慢慢地變成昏黃，流了過來，沉了下去。她站起來，望著他。他也望著她，也望著沉下去的衣件。他手裏正握著撐竿，但他沒有動。

他的手握著撐竿，他的腳還是垂在船舷。到底出了些什麼事。前兩天，她沒有出來，他並沒有擔心。但早上，當他看到了另外一個女人，他就不安起來了。到底發生了什麼事？他整天整夜把守在河邊，也看不出有什麼變化。但自從另外一個女人代替了她，他就相信她再也不會出來了。水在腳邊流著，突然，他覺得水很冷。自從剛才把腳放進河裏以後，他第一次感到水冷。他望著沙灘上，太陽斜斜地照著，剛才在沙灘上蒸發的水蒸氣現在已看不到了。他沿著沙灘望到盡頭，水從遠處直流過來。擁著泡沫，擁著草屑，從他腳邊流過，從她腳邊流過。她的腳是那麼地白皙，草屑貼在腿上，好像水蛭。他猛然把腳縮了上來，一片草屑從他腳邊流過。

他抬頭，看一個人開了門進去，手裏提著黑色的皮包，好像醫生，也好像收買舊鐘錶的，他沒有辦法分辨清楚。不久，他又出來了，那門又緊緊地關了起來，好像這水，一點也沒有痕跡。他望著那人的背影，他的頭在輕輕地搖晃著。他望著媽祖廟那邊走著，從腳慢慢地沒入堤後，慢慢地沉下去，好像沉到水裏。從河堤再望過去，他只看到媽祖廟的飛簷和兩隻用青瓷瓦嵌成的龍。

——一九六四年

永恆的微笑

王老爹在睡了幾十年的那老床上躺了幾十天，想了想過去好幾十年來所發生過的事，雖然想了那麼地久也沒有想起過很多的事，也沒有想起什麼重大的事使他很覺得遺憾。他只是倦於再想下去。

人家告訴過他他的兒當然已準備好了許多的錢，但他也沒有花上一半的一半。他的兒有多少錢可沒有人知道，就是有人可以說出一個明確的數目，他的金錢單位始終很微小很可能不知道那數目究竟有多大。幾十年來他對金錢一貫地也只有一個哲學，省錢比賺錢重要，也相信儘管他的兒有多少財產一定也是一個錢一個錢節省下來而成的。

自從王老爹的爹一氣之下把他趕出門外之後，這個支配他一生的重要哲學就迅速地在他心裏形成生長茁壯起來永遠無法抗拒。

「我有八個孩子，可不能一輩子養你！」他那土水師的爹脹紅著臉孔和脖子對他和他的妻咆哮著說：「那牆還不到五尺高，只到你的鼻孔，就是跌下來也不會跌死，看你還長鬍子，沒有用的東西！」

他一句話也說不出來，也就跟著他的妻揹了他的兒離開了他的爹的家打算到內港來。在車站他的兒哭著指著一個鴨蛋一定要，他的妻沒有哭只是輪流望著他和他的兒。他想把他兒的蛋分成兩半，他的兒只是不肯，他舉筷再挾了一個放進妻的碗裏。這時，那控制他一生的哲學有了雛形。既然把搭車的錢吃進了肚子，只好再揹起他的兒跟了他的妻越山過嶺走完最後那十來里路，來到內港這古老的小鎮，想找些活計維持一家的生活。

王老爹和他的妻到這小鎮上第一件想起的就是要找個土水師能用他做小工。他長了這麼地高還養了那麼一個兒，跟他的爹學了十幾年也只學會了小工的工夫，卻也不怎麼感到羞慚不好過。他的爹說他他當然也會臉紅，只是臉紅還沒全褪之前他就很快把它忘掉了。因爲他不敢上高工錢就給折了半。他的妻提議要學做木匠而他提議他的妻必須跟他去，他的妻搖了頭更瞪了他一眼，他只好去問了那好心腸的木匠師老闆，只說他年紀太大恐怕不容易學好。

不久，他的妻又替他添了一個娃娃，因爲在月子裏沒有雞酒吃就痛痛快快地哭了三夜三日，好像哭盡了所有有鹹味的淚水，使他覺得毫無辦法應付她，剛好有人在打聽，他們就決定賣掉他們剛生不久的娃娃，買了幾隻肥大的閹雞替他的妻做月子。月子不能不做，孩子總還可以再生下去。他的爹和妻的爹一共生了一打半，他們倆總也沒有理由不會不生個半打。想不到他的妻吃了雞還是哭，有時更是一邊吃一邊哭使他總也不能明白。他曾經聽人家說過一個人如果哭到淚水不鹹生命就會危險了，所以看他的妻哭了那麼地久淚水又流了那麼地多，心裏很是焦急，不禁伸手過去想揩揩從妻的眼角滾下來的淚水嚐嚐看是否還有鹹味，但他的妻立刻兇兇地把他的手推開了。這當然不能算是他的錯。以後他的妻不再讓他碰過她。

「你的老婆偷漢子！」做小工的小鬼同伴扮著鬼臉告訴王老爹。他覺得這一次很可以生氣一下所以就要發作，但卻覺得小鬼好像比他更爲生氣，他的氣就自然而然消逝了。小鬼說的不錯。「別兇，也該回去問問你的老婆！」

回去王老爹悄悄地問了他的妻一聲。不問還可，一問他的妻立刻變了臉色用力在他臉上兇兇地刮了一下，進去抓了一把鈔票望他臉上一摔把鈔票撒了滿地。他一張一張撿了起來，也不知道什麼時候她曾替他省了這許多錢，惶惶恐恐捧到他的妻面前求她千萬不要再撒在地上。

「拿去吧，沒有用的東西！」終於他的妻和他的爹一般也叫他沒有用的東西，不知道他們爲什麼那麼容易生氣。

第二天他放工回來就找不到他的妻，只看到一鍋已煮好的飯端端正正地擺在食桌上好像在等他回來。他的兒也不知道，他就問了鄰居們，他們只是笑著沒有回答他。這以後他沒再見過他的妻，偶爾想起也會像一條牛慟哭一番，當淚水流過嘴邊他連忙伸了舌頭舔舔，幸好淚水還是鹹鹹的。

他想他從爹的家帶出來的現在就只剩下這個兒。這寶貝的兒天天在長大，已有他的肩膀那麼地高，使他相當得意。如果他的兒站到他面前來一定要更高些，而他還會不停地長高，有一天不會很久就會超過他的頭頂比他還高。但沒有等到這一天他的兒突然站到他面前跟他說：

「我不能一輩子跟你在一起吃蘿蔔乾！」

他很想阻止他的兒不禁抬起頭來，他的兒好像生了很大的氣不像爲兒的在對老爹說話，既然他敢那麼大聲對自己的老爹說那種話，一定不會錯得很遠。他的爹，他的妻和其他一些日常所接觸過的人大聲說話的時候永遠是不會錯的。幸而他的兒沒有說過他是沒有用的東西。他把頭轉了要讓他的兒走時，忽然想起他的妻曾經辛辛苦苦儉省下來交他，又經他辛辛苦苦儉省一番準備有一天也許可以用到。他把那些錢全部提出來要交給他的兒，開始他的兒不敢收不免像旁人推辭了一番，最後還是歉然疚然收了下來，禁不住在眼角掛一兩滴又感激而又慚愧的眼淚。他想伸手替他的兒揩去眼角的淚水時突然想起他的妻把他的手推開，後來還給他刮了一記耳光，就把手縮回來，毅然決然轉了身子讓他的兒子走路。

他的兒走了之後王老爹完完全全孤單了，白天繼續做著只拿人家一半工錢的小工，晚上就到廟庭上聽講古勸善。從那許許多多的故事他知道人分成好人和壞人兩種，也知道人只能做好事。雖然他無法在自己的周圍找出一、兩個眞正的壞人，卻也時常覺得古時好人的確要比現在多。有一次他聽到有個媳婦割了自己的臂肚肉給婆婆吃，就傷心地哭了以爲這種善事他是無法做到的，怕他就不能到天堂不能轉世到更好的地方了。他把這事問了勸善的老先生，老先生安慰他說做善事不能勉強，只要各人盡力便了，才使他放了心同時決心做一件好事。

他的娃娃在鄉下長大，時常在鎭上賣菜，有時還會過來看他，偷偷把賣剩的菜挑一把放到牆腳，等他一注意到那菜早已爛了一大半。

很快地過了幾年，有一天王老爹忽然聽到街上在傳說他的兒已發了大財。他不知那是眞是假，就是假也沒有什麼不好，所以總要高興一番，高興當時沒有竭力阻止他的兒出外。好幾次他很想問問人家他的兒到底賺了多少錢，能不能和頂街的張秀才家相比，但隨即覺得好事應該放在心裏不要輕易透露說上口把它說跑了，就決心不聞不問。但他從來還是不能把好話深藏心裏，決心和實行總是分道揚鑣。

人家告訴他張秀才家在這幾年已相當沒落，鎭上二流人家都可以和他相比，而他的兒最近發了光復財至少可以買它鎮上的半條街。聽了這話他把舌頭伸出了半截好像他的兒是旁人而驚嘆不已。人家勸他到台北找他的兒,有人還願意貸給他車費和衣料費等等,但雖然他不敢十分確定卻也寧願待在家裏等他的兒回來。

他的兒眞的回來看他還要帶他到台北一起住。這一下來得太突然他一點也沒有準備,所以對他的兒說還是住在舊地方好些,而他的兒子不像上次那麼大聲地堅持所以他還是留住下來。

人家開始說王老爹是個大傻瓜不知道享福。但他寧願人家說他一千次大傻瓜也不願意無端打擾他的兒絲毫。何況他的兒已替他付了房租,並且給了他許多零用錢比他曾經給他的兒的多好幾倍叫他千萬不要再去當小工,要他到外邊走動走動。

突然他的哥弟們都來找他,才知道他的爹已過世多時再也不會罵他趕他了。爹的事已記不起許多,連他的臉孔也想不起來了,但也無須特別去惦記,也不怎麼覺得悲哀。他的寶貝兒時常寄些東西回來都是他沒見過的,而他的哥弟們也一樣沒見過,所以回家時也都多少順手帶些回去說可以讓侄兒輩見識見識。

不久他的兒告訴他一個重大的消息說他快要結婚,那女的爹曾經提拔過他到現在的地位,目前他們還是一起做生意而以後將再永久繼續下去。王老爹聽了很高興不久就要有孫子可抱了。

結婚那天人家替他穿了新衣請他第一次坐小包車，氣派也夠十足的了。他第一次見了那新娘子，覺得每次他轉頭過去她總是好像在盯視著他，使他不敢抬起頭來。他也見了她的爹和她的娘，他們問了他許多的話，他們所說的話也是一樣，只是他不懂得很多常常不知如何回答。他的兒曾經叮嚀過他只要他聽不懂就微笑著並向對方輕輕點頭，所以這晚上他也就笑得特別多。

宴客時他和他的兒媳及親家們坐在一塊兒大家談笑很是開心。他更開心總笑不攏口。這時不料他多挾了一點菜突然挾不穩掉到桌上，那訓練有素的省錢就是賺錢的哲學立刻對答如流地閃過腦際，一個反射作用他連忙伸手把掉在桌上的菜一把抓送進自己的口裏了事。滿桌的笑聲頓時停了下來，使他自己常掛在嘴角的笑意也頓時給凍住了。但這場面並不維持很久，好像剛才什麼事情也不曾發生過大家又開心地談笑下去，只有他的兒有些煩惱的樣子，但也經不起大家勸酒嘴角的筋肉也慢慢柔和下來，只是酒未免喝得多了些使王老爹多少有些擔心。

婚禮很是隆重，王老爹根本就沒有見過這樣大場面，更也不敢相信男主角就是他的寶貝兒。參加婚禮的人常常目不轉睛地看著他，使他有些怯氣之外，就是覺得大家太喜歡喝酒。散了宴親家走了過來伸手拉了他的手，還在他的肩膀上不重不輕地拍了一下使他的心臟不禁盪了一下。他立刻把手縮了回來說他一向都不喝酒，而今天如大家所知也沒喝多少，總還可以自己走路回家。聽了他的話親家一直很開心的笑著，一直對他的兒說親家可是夠意思的。

人家雇了車子送他回來，鄰居們都不肯放鬆地問他新娘子漂亮不，他說不知道，就再問他不是和新娘子同桌吃飯怎麼就不知道，他說就因爲是同桌靠得太近不好老是看著她。人家都笑他，但不管人家怎樣他總也有自己的打算，而事實上在晚上也做了一個短短的而又非常樂的夢，夢見抱了個孫兒。

王老爹的兒結婚之後也曾經再請他老人家過去一起住，但他還是覺得住在鎮上這小屋便宜些。不知從哪兒學來他也會說了些得體的話，答應以後會常常過去走動看看他的兒媳婦。在家裏他閒是閒了，也增加了不少朋友隨時可以過門談天，鄰居那些老伴朋友多半羨慕他已交了老運，生了一個可以收購半條大街的兒，勸他多親近些。

日子總是過得很快，等那些老伴兒三番兩次勸了他，又等他再三下了決心，日子已過了一年，他的媳婦終於替他生了個孫女兒，使他覺得再也不能不去了。

那邊的家又寬大又舒適四面還圍繞著一片不時開著各色花的花圃，使他想起勸善所說的富有的員外。他進了大門正在東張西望，屋門一開突然衝出一隻碩大的純種狼狗直向他撲了過來，他一向怕狗而又不曾見過這麼個模樣的大狗，心一急不禁大叫一聲往後退了好幾步，但狗比他更快已到他面前。那時就從同一個門那邊出來了個女人，輕而有勁地喝住了那狗。他已心跳不已冷汗滿身。從那女人的穿著和舉動推測她一定是那媳婦了，只是不知該如何稱呼她。實際上他也來不及去想如何稱她就已半斜著肩膀頻頻向她點頭行禮了。人曾經問他媳婦漂亮不，使他答不出，所以決心這一趟要仔細地看她，雖然他到時並不一定有那種勇氣總也必須先下決心，但現在卻不知怎地一碰到那女人的視線就覺得太眩目無法堅持下去看她，而另一方面既然下了決心來總得好好看她一眼，免得到時又交不出答案，所以就在向她頓首時向上約略瞟了一眼，只看那女人瞇瞇笑著的樣兒實在眞美。

他不知如何稱呼自己的媳婦，又想起兒子曾經吩囑過他碰到不知如何說話最好點頭裝笑總不會犯大錯，就笑瞇瞇回瞟了她一眼。

「我是這裏的傭人，叫阿幸，您就叫我阿幸吧。太太叫我請您那邊客廳坐，她身體不大舒服，不能陪您。」

他聽到未能見到媳婦心裏反而輕鬆下來，只是未能見到娃娃心裏不免悵然。他想問阿幸，但一想人家已沒開口也就覺得還是盡量避免開口好些。至於媳婦的事他已有了個答案。剛才女傭在招呼大狼狗時他已趁她不注意仔細地打量過她一眼。傭人既然那麼標致，太太一定如勸善所說沒有例外地更爲漂亮了，就是保守一點謙虛一點也不必硬說她不漂亮。盤算已定他覺得就是見不到媳婦也沒有什麼遺憾的了。

女傭告訴他，他的兒到公司大概中午可以回來。他的兒未曾在家倒也沒有什麼關係，只要知道他來過就行了，目前他所介意的就是那隻糾纏身邊不去的大狼狗實在教人很不自在。

「這隻狗……」他訥訥地說了半句用指頭指了牠，但一看狗那又黑又濕的鼻尖也反指著他的手指，就立刻把手縮了回去以求萬全。

「很漂亮吧。」

「呃，是的，而且很肥。」他想起買雞時總要先問肥不肥。

「老是貪吃……每天總要買好些牛肉。」

「不，不，不必，我從來不吃牛肉，而且牛是在替人做工，不該殺牠。」他的兒曾經教他少說話，但客氣謙讓的話是不得不說的。

女傭嗤地笑了一聲連忙用手把嘴掩住。

「不，是給牠吃的。」

「牠！」他只是驚駭，正想再伸出手來以便把意思表示得更正確更周到，但立刻感覺到在那種場合是不便指手劃腳。

「就是牠！」女傭輕盈一笑顯得更加嫵媚。

女傭請他前面走，但覺得在這陌生的地方不免有些不自在，而且還須把女傭仔細觀察一番這總比讓人家觀察好些，但他一落後那狼狗好像要故意爲難他也跟著慢下來，所以又叫停了女傭說願意走在前面。

他們在地毯上走著一點也聽不到腳步聲，如果有人要做小偷這豈不很方便，已有了重要的發現王老爹趕忙回頭。他突然的一停頓那狗好像有了戒心抬起頭來炯炯的目光一直逼視著他，他只好往前再走，沒有機會說出心裏想說的話。但說與不說一樣沒有什麼遺憾。女傭帶他到客廳，一面開著大玻璃窗很是光亮。女傭拿了碟子給他彈煙灰，但他覺得那碟子精緻可愛放煙灰是太可惜了，就仍把煙灰彈到地上一邊觀賞著玻璃窗上的帷幔順手把煙蒂一擲，才想起地上舖有地毯趕忙站起來用腳一踩，但已遲了一步地毯已給燒了一個小洞。女傭端茶進來看到地上撒滿煙灰已面有慍色，再看到地毯燒了一個小洞立刻哭喪著臉嚷了起來。

「你，您眞是沒有辦法，不是已告訴過您煙灰要放在那碟子上，等一下太太知道了，再換張地毯事小，把我辭掉了怎麼辦？」

聽了下女一哭一叫，他知道自己犯了錯，也不知該安慰人家還是應該向人家道歉。他不知所措站了起來不愼把放在矮几上的煙灰碟打翻掉在地上。他又驚又怕，但那碟子卻好好地掉在地毯回轉了一下並沒有破。他這才放心覺得地毯畢竟也有這點好處就把這意思告訴女傭，但她並沒有回答他。

吃飯的時候媳婦仍然沒有出現，大概還是很不舒服，這使他盡放了心，只是女傭和先前不同一直陪著他而且還時常指指點點使他極感拘束。他想她也許會和他談許多話，談他的兒他的媳婦和他的孫女兒。但她除了打點他吃的東西就好像下了決心不和他交談。最後他忍不住就問他的兒是不是要回來吃飯，但女傭說太太曾經告訴她先生打了電話回來，今天可能很晚才能回家。

飯後他覺得已沒有什麼事可做，女傭陪著他倒也不錯只是她不像先前愛說愛笑，而且那隻討厭的大狼狗總是和他守在一起。他覺得要回家就該早些，不要等到天黑人家又要替他準備晚飯。他本來想偷偷走開但又怕那狗所以就把這意思告訴了女傭，女傭出去一下回來並沒留他，只是說太太還不能起床送他，他覺得太太還是不能起床爲妙，不然他又不知要怎樣道別了。

他的兒以後也不再叫他到那邊的家。他已到過一次了，同一地方爲什麼要去兩次，而且那邊的家雖然好卻沒有這邊自在方便。而且這邊常常有人找他談天，比他年紀大的還叫他老哥。他們喜歡談起他的兒，好像這鎮上除了他的兒就沒有第二人了。

晚上夜闌人靜，王老爹也偶爾會想起他的妻，他並沒有虧待過她，想不通她爲什麼離開他，也不知她現在在哪裏。如果她還沒死有一天也會見到她和他的兒。事實上他還是很願意和他的妻一塊也能一塊到兒的家。他也已想不起她的臉孔，但這當然也沒有什麼關係，她來時他自然還會認出她來，比整天想她方便得多。他想著想著不覺又想到別的事，也許根本什麼都沒想到。總之，忘掉妻的時間還比想起她的時間長得多。

他也會想起他的娃娃，很想念她倒是千眞萬確的事實。他的娃娃最後來看他已有幾個月了。他曾經求過他的兒找她來見見他，但他的兒沒有回答他使他不敢隨便再開口請求他。他很想再看看他的娃娃一次，但事情總不能勉強所以不能再見她也就算了。幸而他的兒沒有像上一次對他咆哮著說：「那裏來那麼多親戚，我又不開救濟院！」

他的兒當然是對的不然他就不會那麼大聲說話，誰願意辛辛苦苦儉省了一點錢而去開設救濟院？但他還是想他的娃娃，閉著眼睛默默想人家就不容易察覺出來。

「我不能再見你了。」那一次她很傷心地對他說。

上午她到台北本來想找她的阿哥，同爹娘所生唯一的阿哥，也許可以給她一點幫忙，給她那苦命的兒想個好辦法替她安揷一個位置，就是工友工人也可以只要她的阿哥方便，但她的阿哥橫豎也沒有考慮，一句話便回絕了，她大爲傷心哭了回來告訴他不能再見他了。他想叫她再來和從前一樣但看她旣然流涕滿面也就不便勸她。

王老爹也知道他這個娃娃和其他的親戚多少不同，不能一視同仁，很想把這意思告訴他的兒，但他的兒旣然有了決定就不是錯，所以也就沒有再啓口，以爲是他的娃娃自己倒楣。他很想替他的娃娃灑一滴憐憫的淚水，但覺得在他的兒面前這樣做很是不方便，而他的兒不在時他又覺得他的娃娃也不那麼可憐，所以覺得想想也就算了。

最後的日子終於逼近了，王老爹在床上想了幾十天，一點也不覺得有什麼很遺憾的事。不過有一點如果也可以算是遺憾的就是他從沒見過他的孫子們。但這也沒有什麼大關係，反正他已有了孫子。他的孫子們可以不見他，但卻不能不承認是他的孫子而不送他上山。

他的兒要他住院，但他覺得沒有這個必要不必爲他再花冤枉錢。他知道這次必須全力以赴說他必須死在這個家。果然他的兒並沒有堅持，於是他打了空前絕後的勝仗。

那一天他認爲是最適當的時刻，他的兒在那高樓大廈裏主持著一個重要的會議，他的媳婦在那百花盛開的洋房裏睡意正濃，他的孫兒們正在電影館裏補習著英文，他的娃在鄉下滿曬著太陽的田地上正揹著幼兒揮汗在翻著翻不出黃金的黃金般的泥土，而他的妻已不知在那裏是生是死，他毫無遺憾地閉起了眼睛，眼角掛著微笑。他的兒曾經告訴過他無可奈何沒有辦法的時候最好笑笑，而他也沒碰到過比這更爲無可奈何沒辦法的事，所以他就留下了一個永恆的微笑。

王老爹的葬禮可說是空前的，觀衆們都希望這也是絕後的，但世間事誰也不便預料。王老爹雖然也吩囑過他的兒從簡行事，但如果他知道他的兒子一天賺多少錢，就不會把這件事放在心上了。

為了這個盛極一時的葬禮，屠夫們暫時放下了屠刀，農夫們也放下了鋤頭。小孩子從床上給叫醒了，老人家更不想錯過這個盛會，免得以後見了老祖宗沒有交代。

在我們鎮上，這是一件少有的大事，人們都在熱烈地談論著它。有人曾經數算過花圈，但也沒有算得清楚。他們也許可以從頭再算，但就是再算一次也很可能不會成功。

樂隊也請了不少，聽說鄰近的樂隊早給一掃而空，有人且因此把擇好的良辰吉日延了期。女樂師在前面慢慢地扭著鴛鴦步，吹奏技術沒成熟之前，這是必要的。事實上吹奏技術反是次要的。幾隊女的之後來了幾隊男樂隊。各隊所奏的曲子多不同，但這也是次要的，人們並不是來聽音樂，也不是要讓樂隊到這裏來比個高低。

「唉，你已來遲了一步，前面已走了一大半了。」

因此，我們只得跑到草店尾，從頭看起。

草捲麻布旗、吹、鼓、孝燈……這是公式。所有參與其事的都穿上王家班的制服，背身前後都赫然印個大「王」字。

道士和和尚坐上三輪車，不分中西居然聚在一堂。所有設有天堂的地方，總不免要有些天堂的使者在前引渡。

王老爹靜靜地躺在靈柩裏。聽說那靈柩也有相當的來歷。王老爹吸了最後一口氣，他的兒就派了幾名幹練的手下四出尋購。他們到了一個賣棺木有名的小鎮，找了一家有淵源的店，看了一具碩大的棺木。他們把價錢用長途電話報到王老爹的兒那裏，他覺得不能滿意。棺木店的老闆馬上請了人，移花接木，把樓上次一等的換了下來當了一等貨，派人請他們再來說樓上還有一具最好的。這件事知道的人並不多。雖然王老爹的兒子花了更多的錢，買來同樣的棺材。但這又不是做生意，人們所關心的，是付出的代價，而不是買進來的棺材。

能有這樣一個兒，王老爹是應該得意的。其實，得意的並不僅是他一個人。我們可以看到鎮長和鎮上許多有名望的人都在行列裏，其中還有許多鎮民所不熟悉的臉孔。有這許多人送行是光榮的，而能在這裏送行也似乎是光榮的。因爲有一個人不在這光榮的行列。

王老爹的遺像高高地嵌在大花圈中央，面容帶著微笑。這將是最後遺留人間的容貌。他的娃娃帶著幼子擠在人羣中。當她看到王老爹的遺像，不禁滴下了一滴眼淚。她趕快把淚水擦掉，想再仔細地看看。出殯的行列走得慢，但她卻覺得很快，一下子就過去了。王老爹的面上露出笑容，使她多少放了心。

她從人羣裏擠出來。

「我看不到了。」她的兒說。

「這又不是看熱鬧。」她訥訥地說。

誰說不是看熱鬧，不過，熱鬧也總需要有個結束，因爲王老爹已做了一件好事。

——一九六五年

又是中秋

山路彎曲不平，左邊是山，右邊是高高低低的梯田，由上望下，盡是一片綠，一直綠到谷底。

路繞著山腰，阿巧在路上忽隱忽顯。她一定是阿巧，我老遠就認出是她。她挑著擔子，大概是上街買東西回來。她擺著手，總是向後擺開，看那走路的樣子，就知道一定是她。

今天是中秋，雖然有些風，天氣還很熱。太陽從頭頂上照下來，照到谷底的溪水，發出白色閃爍的光。

我和阿巧已好久沒談話，大概已有十年吧，現在就是平常碰面也不互相打招呼。這也難怪她。

那是夏天，太陽才出來不久。我到蓄水池邊放牛，已有幾個女人在池邊洗衣。阿巧也在裏面。

「阿生，聽說你曾游了過去。」

這個水池很大，長有三、四百公尺，寬也有一、兩百公尺。聽說從前曾經淹死過一條水牛，大家就稱它叫做「死牛埤」。

「怎麼知道的？」

「阿巧說的，我們都不相信。」

「是眞的呀！」

「我們都沒有看到，阿巧的話我們也不相信。」

「如果游過去呢？」

「如果不敢游過去呢？」

「我們來打賭好了。」

「打賭什麼？」

「如果不敢，我不算男人。如果我敢？」

「我們每個人輸你五毛錢。」

「五毛錢？」

「我們湊起來也四、五塊錢了。可以買到半斤豬肉！」

「好，妳們錢呢？」

她們眞的掏出錢來，放到一塊石頭上。

「阿生，不可以呀！」阿巧突然站了起來。我猶豫了一下。

「阿生，你難道怕她？」

我看看阿巧、看看石頭上幾枚五毛錢在陽光裏發亮，又抬頭看看水池，一、兩百公尺算不了什麼，就是縱的，我也敢打賭。

我走到池邊，用手揷入水中，在胸口拍了兩、三下，就衝進水裏，我好像聽到阿巧在背後說要告訴母親，但我不理會她。

水很冷，冷極了，眞是沒有想到早晨的池水會這麼冷，我的左腳不能彎曲。我游得很慢，但卻很有把握。水越來越冷。因爲一隻腳不能彎曲，手就要多用一點力。我改成了仰式，游了一會，轉頭一看，好像方向不很正確，女人們都站了起來，一齊喊著。

「阿生，回來！」

但我還是繼續游著，我游得很慢，但很有自信。

「我看你差一點淹死了！」等我上岸回來，她們齊聲說。

「胡說！」我很生氣，「就是再游　趟我也敢再打賭！」

那時候我注意到阿巧不在她們裏面。

「阿巧呢？」

「她嚇跑了，說要去告訴你母親。」

我怔了一下，俯身抓了那些錢走到池邊，把錢一個個打水漂到池裏，錢一觸到水面，就跳起來，在水面上「老鼠過橋」。

「阿生，你做什麼！」有人拉了我的手，我把她撥開說：「這錢是我的，不必管我！」

等我把錢摔光，回到池堤上，看遠處田埂上阿巧正領著母親向這邊奔跑過來。母親一邊罵著我，一邊罵著洗衣服的女人。

次日，又是早晨洗衣服的時刻，阿巧她們仍然在昨天的地方。

「阿生，昨天一定給打慘了？」

我沒有回答，只看到阿巧還低著頭洗衣服，就走近她，把放蝦簍捉來的水蛇放到她的腳邊。

「呀！」她大叫了一聲，把水蛇撥到水裏，站了起來，狠狠地瞪我。

「妳這個報馬仔！」她生氣，我比她更氣，看她又要蹲下去，就舉腳猛然在她屁股上一踢。她向前一跌，雙手爬到水裏，連頭髮都沾到水。她一撐上來又狠狠地瞪了我一下，但一碰了我的視線就低下頭再洗衣服了。我好像看到她紅著眼眶。

我們曾在路上碰面，我本想再和她打招呼，但她卻把頭轉掉了。我們當然也常常碰面，但都沒有再打過招呼。

我們既然住在同一個村子裏，而且也要常常見面，不打招呼實在不好。這當然不是她的錯，我只是不知道她肯不肯和我打招呼。

路是下坡，我看她走得很快，我也放快腳步。我並不一定要追到她，我只是想保持一定距離可以遠遠看著她。她的右手擱在扁擔上，左手用力的擺著，臀部也向左右輕輕扭動。我不應該踢她。

不久，又看她拐了一個彎。我急急跟了過去，卻看她坐在土地公崁上面大榕樹下休息。這實在太突然，我沒有預料到，像阿巧那種人，挑了那些東西根本就不需要在路上休息。阿巧在看著山上的相思樹林，我知道她一定看到了我。已給看到，只好跟上去。

她回過頭來看到我，就挑起擔子。要跟上去呢，還是要休息一下。她走得很慢，我決心跟上去。

她在前面，我在後面，兩個人的距離只有一、二十步。開始她走得很慢，我也走得很慢。忽然她走快了，我也放開步子跟著走快。我們之間一直保持著一、二十步的距離。

我應該向她打招呼，我想著。她是不是也有這種意思，不，如果有，她看了我一定不會起身走開。

路已比剛才平緩許多。過了土地公崁，路沿著溪邊，一直通到河床。河邊長著許許多多不知名的野草。河床是白色的，盡是大大小小的石頭。

阿巧在前面，走到溪邊突然停下來。

「是不是又出水了？」她好像在問我，也好像在問她自己。溪水比早上出來的時候漲高很多，溪上的墊石大多沒入水裏。阿巧放下擔子，蹲下身想脫鞋子。

「上面溪面寬一點，也許不必脫鞋。」

「還是脫了鞋好，反正已快到家了。」

大概已快十二點了吧，我必須再去看看田水。我扛了鋤頭，向埔尾走去。月亮已升到中天，天上布著一片魚鱗般的雲朵。我沿著田埂慢慢走，看看缺口有沒有漏孔，有沒有給水沖塌。

螢火蟲在田間裏飛來飛去。我已可以聽到隆隆的水聲。溪水很大，一定是內山下了大雨。我已走到墓地，螢火蟲比田裏更多了。

「阿巧！」我怔了一下。一看，溪邊有人在張網撈魚，那一定是阿生了。想不到今天又和他說了幾句話。

「撈到了？」我走過去，把鋤頭放下。

「沒有，一條也沒有，我正想回去。」

「呃，我來替你拉幾次看看。」

我用力把網子拉起，四個角先露出水面，我再用力一拉，只見網底輕輕向上一彈，濺起一些水花。

「沒有吧？」

「沒有。你來了多久？」

「下午三點鐘就來了。」

「眞的，你眞有耐性。」

「那有什麼辦法。以前捕魚是靠技術，現在捕魚是靠耐性，還有，還要靠運氣。」

我把網子放下。水流得很急，月光照在水上，盪著銀色的波紋。

「水這麼急，而且又是中秋。」

「中秋？我從來就沒有節日。」

我蹲了下來。

「今天內山出了水，我就想必須出來碰碰運氣，妳看，溪裏的魚都給電光了，都給藥光了。魚一少，捕魚的人就要花更多的時間，捉更少的魚。」

「呃。」

「妳出來巡田水？」

「嗯。」

「像妳們自己有田，眞叫人羨慕。住在鄉下，自己沒有一塊田地，就像一株沒有根的草。有時候捕捕魚，有時候編編竹器，有時眞不知要做什麼好。」

「那也不算什麼，靠近墓地，都是赤仁土，一點也不肥沃。」

「總比沒有好。」

「你的腳還沒好？」我的視線又落到他腳上。

「很困難吧。妳還記得嗎？」

「我怎麼會忘記？我看你很靈活地爬了上去。」

「妳在下面說不要爬了，妳害怕。」

「我的確害怕，如果跌了下來怎麼辦。」

「我掏了幾隻小烏秋，嘴角還沒變黑，我以爲妳會高興。」

「我並不是不高興，只覺得太可憐。」

「妳要我再把牠們放回去。」

「是的。那時候母鳥回來了，你只爬到一半，牠們就向你襲擊，一起來了三隻，兩隻向你衝過來，一隻停在樹梢上尖叫，好像在求救兵。」

「我聽到妳喊著當心眼睛。妳在底下一直叫喊著。」

「實在害怕極了，只看那兩隻烏秋，急急地衝下，到了你的頭上，展開翅膀煞住了身體，然後又飛上去。」

「我想用手打牠們，突然後邊給啄了一下，手一鬆，就掉了下來，就什麼都不知道。」

「我看你掉了下來，就跑過去，看你臉色很蒼白。我想扶你起來，但那兩隻烏一直在頭上衝上衝下。我很害怕，我想用笠子防衛，牠們還是一上一下輪流俯衝過來。幸好不久你就醒了。我們一起跑到草寮。」

「烏秋停在草寮上啾啾叫著，我們一直躲到天黑。」

「你的腳受傷了，你叫我不要說，我就一直不敢說出來。我覺得不說反害了你。」

「我也不好，是我叫妳不要說。時間一久，就不容易醫好。」

「所以那次你在死牛埤游水，我就趕快跑去告訴你母親，反而讓你生氣了。」

「都是我不好。」說到這裏，阿生突然把手擱到我的肩膀上，在我脖子輕觸了一下，他的手很冷，也很濕，我不禁起了冷噤。我把身子縮了一下。

「怎麼了？」

「好像……」

「好像什麼？」

「像條蛇。」

「呃，都是我不好，我很生氣，因爲我一上岸，看不到妳，而妳又是告訴母親去了。」他的手輕輕揉著我的肩膀。他用這手提著水蛇嚇我，但這以前他卻用這手抱著小烏秋給我，想讓我高興。

「不會有人吧？」

「不會吧，這種地方。」

溪水兩邊都是墓地，四周盡是高高低低的饅頭型的土墳。周圍都是竹屏，其中雜著些相思樹，在竹屏上浮雕出黑色的枝葉。竹屏過去是我們的田，是此地最貧瘠的田。渾圓的月亮高高掛在天空，照亮著四周。

「今天的月亮眞不錯。」但阿生並沒有回答。「我喜歡中秋的月亮，去年這個日子，誰會想到今天我們會在這裏一起看月亮。」我覺得他一直在看著我，就不禁低下了頭來。風微微吹著，他放下了手摸摸我的頭髮，我的頭髮一定散亂著。我想舉手，但又放了下來。

「我的手像條蛇？」我並沒有回答他。我不知道如何回答。他的手又從頭髮移到我的臉頰。他的手仍然是冷的，濕的。他忽然伸手拉住了我的手。

「阿巧……」

「……」我沒有回答，只是回頭看看他。他的眼睛深深陷入，微露著青光。也許是月亮的關係，但我覺得害怕。

「我們回去吧。」

「妳不肯再坐一會？」

「不，不是不肯，時間太晚了。又是在這種地方。」

「妳怕墓地？我一年之間，有一半以上是在這種地方過夜的。」

我又抬頭看他，他眼睛的青光越來越厲害。我並不怕墓地，我倒是怕他。

「妳肯嫁給我？」他問得太突然，我無法回答他。他還是一直盯著我，兩手把我抓得緊緊的。

「妳不肯嗎？」我仍然沒有回答。

「聽說有人在替妳提親？妳已答應了？」

「沒有。」

「妳不要老是看著我的腳！妳，妳到底答不答應？」

「你不能一直逼我呀！」

「我不逼妳。我再問妳一次，如果不拒絕，就算已答應了。」我到底是應該拒絕他呢？還是應該答應他。我還沒決定之間，他一手把我摟了過去。

「阿巧，妳已答應了，我知道妳會答應我。」說了把我輕輕按倒在草地上。

「阿生，阿生，你不能這樣，就算我答應了，也應該等……」但他沒有回答。我只覺得他的手壓在我的胸口，解開了衣釦，我睜開眼睛想看他的臉孔。我只覺得月光一直照射下來，突然他的頭部像朶黑雲遮住了月光。我再閉住了眼睛。我感到他的身體的重量。

「你眞的有一半的時間要在墓地過夜？」我不知道自己是否把這話說了出來，也不知道他是否聽到，是否回答了我。

阿巧來了，母親很高興。她一直想見她。本來村子裏的人也時常見面，只因母親近年來身體羸弱，不常出門走動，而那以後阿巧也不到我家來，自然就沒有見面的機會。我在庭前龍眼樹下編造籮筐。我告訴母親阿巧或許會來，她就到樹下陪我。

「我可能會不認得她了。」

「她來了，妳就仔細的看一下。」

「她眞的會來嗎？她什麼時候來？爲什麼還沒來？」

「她就會來的，她就會來的。」

「說不定家裏有了事……」

「不會的，她說吃了午飯就來，也總得等她收拾一下。」

母親好像等得不耐煩，一下子坐著，一下子又站了起來。她要站起來，我就必須放下工作去攙扶她。

「妳坐著吧，她就會來的。」

阿巧終於來了。

「妳就是阿巧，我以爲妳不來了，妳敢不來我就用枴杖敲妳的腦袋。哈！哈！哈！」

難得看到母親這麼高興，阿巧只是站著微笑著。

「妳很大了，比我還高了。不要只站在那裏傻笑，還不快點坐下來。」我拿出矮凳子，給阿巧坐下。

「我來替你劈篾子。」

「他自己會弄，我們還是來談談。」

「我可以一邊做，一邊談。」

阿巧手腳很靈，拿起柴刀輕輕往竹子一擠一拗，竹子輕脆地響了幾聲，就一直裂到尾端。

「妳父親很好吧？」

「莊稼人，還不是一樣的。」阿巧把刀輕擱在竹子一端，用眼睛量了量寬度，又一擠一拗，竹子又劈開了。

「妳父親幾歲了……妳弟弟幾歲了……當兵快回來了……大家都說妳父親人很好，我知道他，只是近來很少見到他。」

阿巧繼續邊談邊劈竹子。我只看她把竹子一拉一放，越劈越細。

「怎麼了？」我看阿巧停手，把柴刀放下。

「竹籤戳進去了。」

「我來替妳拔。」我拉起了阿巧的手。

「讓我來，你不要太隨便。」母親把阿巧的手拉過去，「阿生你去拿支針來。」

「不好了，快來。」我進去找針，突然聽到阿巧大聲叫起來。

「怎麼了？」我跑出來一看，母親臉色蒼白，嘴唇痙攣不已，好像要說話，又好像不是。阿巧挨過去攙扶她，她卻用手把她推開，想要自己站起來。我奔出來攙扶她，她差一點就跌倒。

「怎麼啦？」

「好像是中暑。」

「好像不是。」阿巧說。

我把母親扶進房裏，讓她坐在床上。

「怎麼啦？」母親的嘴角還在顫抖不已。她好像要說話而又說不出來。她一直指著房外。我看阿巧在那裏就招她進來。一見阿巧，母親就不停地揮手趕她出去。我看阿巧怔怔地退出。臉上還帶驚訝的神色。

「怎麼啦？妳好好的說吧。」

「你看……」

「看什麼？」

「阿巧，阿巧的手掌……」

「阿巧的手掌怎麼樣？不是戳了竹籤？」

「不是竹籤，她的手掌有斷掌紋！」

「斷掌紋？」

「你不能再和她一起！」

「爲什麼？」

「有斷掌紋的女人要剋死丈夫，剋死孩子！」

「不可能，不可能，妳不能相信它，這完全是迷信。」

「我知道有個女人也是斷掌。第一次嫁了人，剋死了丈夫。她已生了兩個孩子，說要守寡，好撫養孩子成人。但不到一年，兩個孩子相繼夭折，被翁姑趕了出來。她回到娘家，自認命乖，決定不再嫁人，偏偏有個不聽話的，一定要娶她，但結婚不到三個月，他又無緣無故死掉了。」

「不可能，這完全是偶然的。」

「我不管這是不是偶然的，我家三代單傳，現在只剩你一個人，我不願意冒險，我不願意拿兒子的生命來冒險！」

「妳眞的不能相信它，這種事常常要誤人！」

「不相信它才誤人！我記得你以前曾和她一起，有一次從樹上跌了下來，差點跌死，把腳跌壞了，還有一次，你到死牛埤游水，差一點就給淹死了。」

「沒有那回事，我游得好好的。」

「你還要爭強，十幾個洗衣服的人都看過，都這麼說。你只和她一起，就這樣多災多難，如果眞的娶了她，那還了得！」

「我一定要娶她！」

「你一定不能娶她！」

「她是一個好女孩子。」

「我知道，我知道。好女孩子很多，何必一定要娶她！」

「好女孩子很多跟我有什麼關係，不是她，我就終生不娶！」

「你不要唬嚇我。你就是終生不娶，我還有個兒子；你如果娶了她，我連孩子都沒有了。我寧願你不娶！」

「我一定要娶她。」

「你不聽我的話？」

「不是不聽，別的話我都聽，但這實在太荒謬了。」

「好吧，你既然這樣說，你就，你就娶她吧。但我不願意看到。好吧，你就把我殺了吧，教我永遠看不到，我就不會再管了。」

母親的臉色開始有些紅暈，現在卻變得非常慘白。

「我並不是不聽妳的話，但這實在一點也沒有根據。」

「我不講了，我不講了。我不管你怎麼想著，只要我還睜著眼睛，就不願看到這件事發生！」

手在發抖著，兩手都在發抖著。也許左手拿著東西不習慣，比右手發抖得更厲害。我看看右手，又看看左手。左手的確比右手發抖得厲害。我的心一定是相當冷靜的，不然我爲什麼會去比較手的發抖？

鐵絲的一端被火燒得通紅，閃耀著火花，在空氣中搖盪，鮮紅的顏色漸漸蒙上一層白色的灰。發抖的手稍微平靜了一點。

我又把鐵絲放進爐子裏，把木炭攪動了一下，放在最灼熱的地方。我們並不常燒木炭，如果父親知道，一定會怪我不愛惜東西。但我必須燒木炭，我必須把鐵絲燒紅。

我曾經問過人，女人所能遭受最痛苦的事，許多人都回答說是生孩子。生孩子是最痛苦的事，但差不多所有的女人都生過孩子，都要生孩子。她們都好像沒有什麼事，痛苦只是暫時的，一切都會過去的。

我把鐵絲再抽了出來，除了生孩子，難道還有更可怕的事，還有更痛苦的事？一切痛苦都會過去的。然而，我的手仍然在發抖著，依然是左手比右手發抖得厲害。我把鐵絲轉到右手，事情就好多了。顯然我是不習慣使用左手的。

我看鐵絲又變成了灰白色，就放回火裏，不意攪動了木炭，爐火就劈啪響了一、兩下，激跳了些火花。右手一定也不穩定。

舉起右手一看，手掌有一條深深的掌紋橫斷而過。阿生的母親說這是斷掌，有了這，丈夫和孩子都要死於非命。她對阿生說不能娶這種女人，她說她不准他，除非她死了。呃，多麼可怕的念頭，我眞的希望她死，呃，多可怕！多可怕！我怎麼想起這？如果必須要有一個人死，那應該是我而不是她。死，死會比生孩子可怕嗎？我忽然想起了死，死了不就一了百了，給埋葬在土堆下，不管是晴天還是雨天，更不管有人在身上做愛。死如果能解決事情，那這一定是最乾淨俐落的辦法。用自己的手結束自己的生命，這必定是勇敢而高貴的。除了人，我就沒有聽說過別的動物會了斷自己的生命。

「阿巧！阿巧！」有人在後面喊著。我回頭一看，阿生正從那邊奔跑過來。他在田埂上奔跑著，一看過去，他竟是那麼渺小。他的右腳仍然不能彎曲，跑起路來也一拐一蹩，兩隻手在空中晃來晃去。我已停下來了，他仍然奔跑著。突然，他右手高舉了一下，整個身體向左邊一斜，左腳往田裏一跨，整個人跌了下去。就在這時候，我好像看到他從相思樹上跌下，從巉壁頂上跌下。我感到一陣目眩。如果這不幸是由我帶來，我寧願自己死，不願再拖累別人。但等我睜開眼睛一看，阿生又在田埂上奔跑過來。我一轉身，想再跑開。

「阿巧！阿巧！」阿生又在後面喊著，他的聲音好像就在我的身邊，我忽然又停住了腳，轉頭過去。「阿巧！阿巧！」他的聲音很急促，很焦躁。我的腳給釘住了。他氣吁吁地跑了過來，我不禁移動了腳步，迎了過去。他伸著手繼續奔跑過來，他的手沾滿著泥土，他的衣服，他的腳沾滿著泥土。

「阿巧，妳，妳不能離開我！」阿生氣吁吁地說。

但我一時答不出話來。

「妳說，妳，妳說不會離開我。」

但我只是輕輕地搖了搖頭。

「不要搖頭，妳不能離開我，妳要答應我！」

「可是……」我仍然一句話也答不出來。

「不要可是，妳必須答應我。無論什麼事情發生，妳是我的妻子。妳不能離開我。」

「妻子，」我是他的妻子？我看著他的臉，他的臉也沾了些泥土。我看著他的眼睛，他的眼睛輕輕地眨了一下，又繼續直望著我。突然，我好像感覺到「妻子」兩個字所代表的意味。這時，我感覺肩膀在作痛，我微轉了頭一看，他那雙泥污的手正緊緊地抓住我。

「好吧。」這好像是我唯一的答案。

「我們一起走！」

「走？走到哪裏？」

「不管哪裏，只要我們能在一起。」

「不過……」

「我想這是唯一的辦法。」

「不。」

「爲什麼？」

「我害怕。」

「在我身邊？」

「太突然了。」

「以外沒有辦法了。」

「我們應該等待一下。」

「等待……」

等待些什麼？我不禁滿身發起抖來。我爲什麼又想到這上面來？如果一定要有一個人死，那應該是我。我有個父親，但女孩子總是要嫁人的，就算嫁到很遠很遠的地方吧。但是阿生告訴我，說我不能離開他，他的話也是對的。我應該跟他走，但太突然了。他說我是他的妻子。聽了這兩個字我只好點頭了。其實他應該說我是「他的」比較恰當些。我不是在墳上就給了他？我可以感到他的生命在我身體裏面，我不否認我是他的，但卻還不是他的妻子。

我看看右手的掌紋，只要沒有這條掌紋，我就是他的妻子了，我就可以不必離開他，不必離開許多人，也更不必等待了。

我又把鐵絲拉了出來，殷紅的末端在虛空中搖晃著。我把它挪近鼻子聞了一下，我曾見過燙髮師這樣做。我可以聞到熱氣，但不敢拿得太近，怕觸到鼻子。

我凝視著鐵絲尖端，也許看得太久，我覺得眼睛有些疲累。我把視線移開，忽然在地上看到一隻螞蟻。我把鐵絲的尖端移向著牠，移到牠近邊，只看到螞蟻亂衝亂竄起來。我用鐵絲在地上劃了一個圈圈，把那螞蟻包圍起來。那螞蟻在圈內東衝西竄，我更把圈子縮小了一點，螞蟻忽然衝到鐵絲劃過的地方，停了一下，我以爲牠又要轉身過來，但只看到牠的腳慢慢地縮捲，不久也就不再動彈了。

死了吧，我用嘴輕輕一吹，就把牠吹走了。一條小生命就這樣結束了，我眞想哭。我並不是有意這樣做的。我爲什麼要無緣無故傷害這個小生命呢，如果一定是有什麼要死，那應該是我自己。我又想到了死，人一死不就像這隻螞蟻，只需用風輕輕一吹，就一點也不留下痕跡。這樣做又不必拖累人家。

「妳不能離開我！」我又聽到了阿生的話。阿生就好像在我眼前，不停地搖撼著我的肩膀，要我答應不離開他。我不能離開他嗎？

火紅的鐵絲已轉白了，我又把它放回爐子裏。這我才發覺手已濕了，前額也濕了，背上也濕了。也許太靠近火爐。阿生的母親曾經說過，她不願用兒子的生命打賭。難道一個女人喜歡拿她男人的生命打賭嗎？我不知道這掌紋會不會剋死丈夫。也許有可能。這需要用生命打賭的事我怎能懷疑它？

我再把鐵絲抽了出來。鐵的一端燒得和木炭一般紅。我的手仍然微微發抖。生孩子最痛苦的，但我好像可以忍耐。我深深地吸了一口氣，然後又屏住氣。我能聽到自己的心臟在胸腔裏鼓動。我聽到一陣嗤嗤之聲，好像把鐵絲放進水裏，繼著是一些輕淡的煙急速地上升。我好像聞到一種香味，這是以前所不曾聞過的。我覺到頭昏目眩。

四周是黝黑的，阿巧還沒來。她會不來？前面的溪水淙淙地流著。風在颩，竹屏在響著。我看著竹屏的缺口，上次阿巧就從那裏鑽出來。我看不出有什麼動靜。

草地上很濕，露水下得很重。我的頭髮，我的臉也都濕了。我曾經對阿巧約過要在這裏等她，她會忘掉？她會不來？以前她從沒有爽過約。

想不到她會答應我，我還記得她的表情。她躺著，月光照滿著她的臉。起初，她是閉著眼睛。我看她睜開眼睛，一直望著我，好像在尋找些什麼。我把臉湊了過去，忽然一片陰影罩過她的臉，等我把臉移開，她又閉起了眼睛。

我不知道她爲什麼不拒絕。只需她輕輕地說一聲「不」我就會退縮的。自那以後，我一直想著女人的心實在不容易捉摸。事情發生得太突然太急促了，到現在我還感到眼花撩亂。

昨天，我捕魚回來，她偷偷地告訴我要在墓地等我。我以爲發生了什麼事，到這裏一看，她已早我一步到了。

「有什麼事？」

「我以爲見不到你了。」

「爲什麼?」

「我做了一個夢,夢見你,從高崖上跌了下來。」

「妳不要胡思亂想,我不會有事的。」

昨天她約我,今天我約她,她竟還沒有來。我實在不懂,一定是家裏有事,就是家裏有事也不會到這時候。我抬頭看看天上,只有幾顆小星在悄悄地眨著眼睛。大概快十二點了。她一定不會來了。

我站起來,慢慢沿著溪邊走。四周仍然是一片漆黑。我鑽過竹屏,過了竹屏就是阿巧他們的田。我望著阿巧家的方向,只隱隱約約可以看到一團漆黑。稻子已很長,兩邊的稻葉垂到田埂上,不停地掃摸著腳,有兩、三處,傳來田蛙呱呱的叫聲。我往最黑的方向走去。其實我也分不出哪邊更黑,這只是一種感覺罷了。

我的心又開始起伏起來。阿巧他們大概都睡了,通過稻田,是一塊菜圃。菜圃上已種了煙台白菜,一顆顆整齊地排著,近一點的,我可以看到手掌般大小的葉子向四周展開著。我的心跳盪得很厲害。阿巧怎麼了,是不是改變了主意。我放慢腳步,但眼前那高聳的黝黑的竹影卻不停迫近我。她會不會說聲「不」?當我抱著她的時候,我會肯定地說她是我的,但只要我的手一放開,就總覺得她是另一個存在。她來得太突然了。我怕她去的時候也會那麼突然。我想起她的側影。她坐在月光下，低著頭，月光只照著她的前額，忽然她抬起頭來，月光從她的前額流下，流到她的眼睛，她的鼻子，她的嘴和下顎。就在那個時候，我第一次把手擱在女人的肩膀上。她縮了一下，沒有拒絕。現在她不應該再拒絕我。但，我仍然害怕。如果她眞的離開我呢？只有一天沒見面，我就想了這許多。

走過菜圃，前面仍然是黝黑的一片。我看不清楚十公尺以外的物體。越過菜圃，是條較寬的路，兩個人可以擦身而過。

「阿生！」我走到籬邊，忽然聽到有人輕輕叫我一聲。那是阿巧，阿巧開了籬門出來。我拉她的手，她把手猛然一抽。

「怎麼了？」

「輕聲一點。」

「我們走吧？」

「不。」

「爲什麼？」她不回答，拉了我的手就走。我跟著她走，走進屋後的一間小茅屋。

「這是什麼地方？」

「牛房。」

「牛房？」

「總比墓地安全些，舒服些。」

「所以妳就不去了？」

「不是，你的衣服濕了，先脫下來，我再給你解釋。」

她幫我脫了衣服，往旁邊農具上一擲。

「我想了半天，一直下不了決心。」

「爲什麼？」

「我覺得這樣過著日子總不是辦法。」

「那麼，在牛房裏會好些嗎？」

「不，我不是這種意思。我只是下不了決心，不知道應該跟你走，還是應該離開你。」

「妳不能離開我！」

「我不知道……」

「妳不要離開我！」

「我不會的，我已有孩子了。」

「什麼？是眞的？」

「眞的！」

我緊緊地拉了她的手，她輕叫了一聲。

「怎麼？」

「給開水燙了。」

「很痛？」

「不很痛。」

在還沒看到阿生之前，我一點也下不了決心。但一看到他之後，只要他說，我一定會跟他走的，無論到什麼地方，我都會跟他去的。但他沒有說。當他聽到我有了身孕，就說要說服母親，他說他有把握，我當然相信他。

阿生帶我去看她，她一直盯著我。當她要我解開裹布，我的手不停地抖著，她仔細端詳我的傷痕。說：「這不是給開水燙的，」她問我到底是怎麼一回事，我說不小心給火燙了。她不相信仍然追問下去，所以我只好照實說了。

她的眼光一直逼視著我，使我不敢抬起頭來。

「好吧，我只希望家裏沒有事妳能保證嗎？」

我不敢答覆，但阿生搶著回答她。她終於答應。我很感激她，我想抬頭看她，但一碰到那冷峻的目光，我就低下頭來，不敢直視她。

要過門的時候，父親曾叫了阿生去。

「你要知道阿巧不是非嫁給你不可，你要好好的待她。我知道不應說這種話，我也知道你會難過，甚至會生氣，但我覺得還是說了好，我寧願教你生氣，也要提醒你一下。」

父親曾勸過阿生，叫他不要出去捕魚，可以和我一起耕田，那種田雖然不是上等的，總也比捕魚靠得住。如果願意，他可以分一部分給我們。我很高興，滿以爲阿生會答應下來。但阿生卻一口拒絕了。他說他要我並不是爲了那些田。他說現在苦一點，如果眞的捕不到魚，他還可以編編竹器，總不至於讓妻子餓死。聽了這話，父親也就不再提起田的事了。

結婚的儀式非常簡單，幾乎只是一個人過來。不知怎麼傳出去的，全村子的人差不多都知道我已懷了孕。在我們的村子裏，這還算是頭一次。所以來看禮的人特別多。「大肚子！大肚子！」孩子們這樣喊著。母親聽了，鐵青著臉，不願意看我。阿生輕輕地挽著我的手，要我不要理會。

結婚之後，阿生還是繼續出外捕魚，有時兩天回來一次，有時候三天回來一次。我問他出外是不是都睡墓庭，他說很少，以前只是哄哄我。我不知道是以前哄我還是現在哄我。

結婚之後不久，家裏養的雞拉起白屎，一隻一隻相繼死去。鄰居的雞也是這樣，但母親卻要歸咎於我。她說以前鄰居們也有過，但我家卻一、二十年沒有遭遇過。我不知道怎麼辦，但總不敢告訴阿生。

有一天，阿生給放在門板上抬了回來。起初，我們都以爲他死了。他只是受了傷昏過去。他曾經告訴過我，他右腳關節不能彎曲自如，有時候可以彎曲一點，但偶爾會在彎曲的時候突然一陣劇痛、使他支撐不住身體。

母親又把這件事怪到我頭上來。她說我用鐵絲燒燬了手紋，只是暫時性的。她好久不出門了，爲了要問神求佛，就不惜拖著羸弱的身體，只要聽人家說哪家廟寺靈顯她就一定要去燒香許願。她說這是爲了阿生，我當然不便勸阻她。有時，阿生一說她，她就反問他到底是母親重要還是妻子重要。

除了出外，每天她還要早晚兩次，在廳堂替「神明」、「公媽」燒香和金銀紙。只看她雙手拿著香條，眼睛望著神像，一面作揖，一面口裏唸唸有詞。她拜得很久。開始，她只是翕動著嘴唇默默唸著，但最近，她卻放聲叫了出來。她說：

「啊，天呀，地呀，我一生沒有做過壞事，啊，我也不求什麼，我只求阿生平安，就是折我的壽，也保佑阿生……啊……」

那種聲音實在叫我受不了，使我整天感到心神不安。我又開始做夢。阿生一出外，我就夢見他跌死，我時常夢見他張開著兩手，從高處跌了下來。很少有一天不做夢，而所夢見的又多是那麼可怕。我害怕，我怕夜晚來臨，我怕有一天我會受不了。有時，我眞想回到父親身邊，但一想到已嫁了人，何必又要多添娘家的麻煩，所以也只有忍受下去。當然這種事也不能告訴阿生，他自己的煩惱已經夠多了。

阿生一在家事情就會好些。但一家三口，吃飯卻要分做三次。母親一定要阿生先吃，我不敢一起吃，阿生吃了就母親吃，她不叫我，我也不敢吃。她連在吃飯的時候也不願見我，其他的場合更不必說了。

但阿生在家總算好些。只要我看到他，只要我感覺到他存在，我就不會害怕，也不大做那些噩夢。但阿生不在家的時間畢竟要比在家的時間長。

有一次，他一出門竟三天不回來。母親又在廳堂上燒香。突然，我聽到她在喊著。從來，就是有事她也不會喊我的。

「這杯子誰撞翻了？」

我趕到廳堂一看，在神案上，擺在神像前面的三個杯子中，中間的一個卻倒了下來，茶水翻倒在案上。

「誰碰翻了？」母親一向是不叫我的名字。

「我不知道。」

「到底誰弄翻了。」她又厲聲問了一次。

「我沒有。」

「沒有，眞的沒有？」

「眞的沒有。」

我的話還沒說完，母親突然放聲大哭起來。

「啊，我的兒，阿生我的兒，啊，三只杯子好端端的，沒有人碰它怎麼會倒下來，啊，阿生……」

「一定是貓兒上去打翻了。」

「胡說！貓怎麼敢去上佛案！」她厲聲說了一句，然後又是我的兒，我的心肝阿生……傷心地哭了起來。

阿生到底怎麼了，已經是三天不回來了。聽了她的哭聲，我也跟著靜靜地哭了起來。如果阿生眞的發生了事，我也不想活了。

今天捉了一條大鱸鰻，有五斤多重。好久沒見過這麼大的。牠咬斷了兩次釣鈎，但結果還是被我抓到。

捉魚困難，但賣魚卻容易，一到鎮上市場，一人一塊，不到半個鐘頭就賣剩了一個鰻頭，嘴還在慢慢動著。我打算帶回家去。

「喂，饅頭賣不賣？」

「不賣了，帶回家吃！」

那人說要做藥。說家裏要吃，吃雞吃肉都可以。於是我又把它賣了，買了一塊豬肉，掛在擔子上，盪呀盪回家。

回到家裏，看到母親和阿巧正在哭著。

「怎麼回事！」

母親看了我，就迎了出來。問我沒有事嗎？我眞覺得有點莫名其妙。阿巧看母親過來，就離開我們獨自回到房間。

我覺得阿巧有些異樣，常常睡到半夜突然大喊大叫起來，滿身流著冷汗。我問她什麼事，她總是支支吾吾，有時就乾脆說什麼也沒有。我知道不會什麼也沒有。一定是快生產，心裏害怕。

「不要害怕，有我在呢。」

聽了我的話，她總是緊抓著我，叫我不要離開她。我問她會生男的還是女的，她說不知道，但她希望生個男孩。她怕生了個女孩像她。

她說如果生了斷掌的女孩子，她可能把她扼死。

我說只有瘋子才會扼死自己的孩子，她就不再說什麼，只是看著我，好像已有了決心。我撫摸著她的手，手掌上的傷，到現在還沒痊癒。

「今天我聽人家說，阿巧那種傷痕褪了，就會恢復原來的樣子。斷掌就是斷掌，永遠不能毀掉，一個人的命運在還沒出生之前，就早已注定了。」有一天母親突然對我說。

「不要聽信那些算命先生胡說！」

「不是算命先生，是派出所的警察說的。他說他曾在書裏看到，有一個強盜挖了塊自己的脅肉黏在指頭上，打算毀滅指紋，結果經過了一段期間，指紋又長出來了。他說書上沒有提到掌紋，但他相信掌紋和指紋一樣。他說我們的手掌上不留傷痕就是這個道理。」

我本不願意讓阿巧聽到，但母親好像故意提高著嗓子說話，阿巧在房間裏，是一定聽到了。

阿巧又對我說，如果孩子也有斷掌，一定要把她扼死，然後要自殺。我以爲她只是心裏鬱悶，但看她的認眞表情，我害怕她眞的會那樣做。

產婆一來，我就關照她，如果生了女孩，應該先看看她的手掌有沒有斷掌。果然孩子是女的，而且也斷掌，不能讓阿巧看到。

阿巧一直嚷著要看孩子。我們騙她說生產情況不好，孩子很弱，必須暫時隔離。

「那麼讓我看看她的手掌！」

我們哄她說孩子沒有斷掌。

「你們不要把我的孩子帶走，你們不要帶走！」

她總是這樣嚷著。我不敢離開她，整天守在家裏編著竹器。我們把孩子託在岳父那裏。開始我們餵她蜜水，以後就用米湯餵她。

本來，我們以爲阿巧會好些，日子久了，可以把事情淡忘，然後，把孩子帶回來。但她還是天天嚷著要孩子。不過，晚上睡覺的時候就比較安靜了。我也漸漸放下心來。

差不多到了孩子生下兩個禮拜，我在外邊編著竹器，突然聽到房裏發出很大的聲響。

「快把孩子交出來！」

我衝進房門，只看她手裏抓著枕頭，雙手緊緊地捏著，突然在枕頭的中間用力一扼：

「我知道妳是跑不掉的，哈，哈，哈……妳這個小傢伙！」

「阿巧，阿巧，」這就是阿巧嗎？她的頭髮散亂，眼睛裏充滿著血絲，睜大著眼睛瞪我。

「哈，哈，哈！」她好像在笑，也好像在哭，我實在說不出她的表情。

「阿巧。」她看了我，慢慢地，一步一步迫近了我。

「阿巧，妳做什麼？」她把枕頭用力往地上一摔，猛然向我撞了過來。她來得太突然，而且用力兇猛，一口氣把我推到房門，推到甬道。我正想伸手按住她，但她立刻把我的手用力摔開，往後門奔跑過去。

「阿巧，阿巧，」我在後面跟著，一面喊著。她出了後門，就往田裏奔跑。我緊緊的跟，只看她在田埂上奔跑。她跑得不很快，撞撞跌跌，有時踩進田裏，但立即拔起腳繼續奔跑。我在後面追趕，只是沒有辦法把兩人間的距離縮短。我恨我的右腳不能彎曲自如。稻子已長高了，稻葉伸到田埂上，阿巧的裙子在稻葉間拂擦而過，阿巧的父親曾經告訴我要好好的待她。我相信並沒有虧待過她。

「阿巧，阿巧！」我在後面拚命地喊著，但她好像根本沒有聽到我的叫喊。她跑過竹屏，竹屏過去，已可以看到「死牛埤」高高的土堤遮住了視線。

「阿巧！阿巧！」

又跑了一段，阿巧突然跌倒了。我必須快趕過去，在她爬起來之前捉到她。我放步追了過去，就在這時候我的右腳關節好像要折斷般作痛，我向前跪倒在田埂上。我撐起身體，但阿巧已早我一步站起來，繼續奔向土堤。

土堤高高的屹立在眼前，好像就要壓蓋下來。阿巧已快跑到堤邊，她的速度顯然已減低了。

「阿巧！阿巧！」

我只管嘶喊著。一個男人竟追趕不上一個產後的女人。現在所需要的，不是叫喊，而是追趕。但我的腳膝蓋仍然激痛不已。我只是叫著，阿巧只是不停地跑著，沒有回過頭，始終沒有回過頭。

她的速度慢了下來，但我的腳痛得更加厲害。她匍匐著上去。顯然，她已沒有氣力了，我們之間只差十幾公尺，我看她勉強爬了上去，搖搖晃晃地站了起來，好像要回頭過來。

「阿巧！阿巧！」

「阿巧！」

我盡了最後的聲音嘶叫著。

阿巧向前跨出了半步，突然癱倒下去，我聽到水聲。

阿巧跌進蓄水池之後就一直昏迷不醒。我坐在床邊陪她。她的父親也來了，我只是低著頭一句話也說不出來。他把孩子也帶來，放在阿巧身邊，她一直都不知道。

在這五天之間，阿巧一直發著高燒，也一直下血。她的手常常顫抖，好像在痙攣。我輕輕提起她的右手，給火燒過的灼傷還沒痊癒。這次在爬堤的時候卻又擦破了。我也拉起了孩子的手，手掌上也有一條明顯的斷掌紋。這時，我好像能夠明白阿巧爲什麼一定要殺死孩子了。

阿巧始終沒有恢復過知覺。母親一直避在自己房間不跟別人見面，等她聽到阿巧嚥了氣，才從裏面出來，拉起阿巧的手說：

「沒有想到還沒剋死阿生，卻先剋死了自己。眞想不到阿生比妳命厚！」

出殯的時候母親哭了，我知道她是眞的哭了。和娶親時一樣，路邊站著許多村人。但這次，好像有幾個女孩子在偸偸地流著眼淚。

「年紀一大，總想多幾個兒女送終，眞沒有料到這孩子先走了。」阿巧的父親說。

我又記起了他的話。但他一點也沒有責備我的意思。他還要我幫他耕種那塊田。但我告訴他喪事一了就要離開。我必須換個職業，也必須換個場地。

「你的孩子就是我的孫子，讓她留下來吧。」

「你看看她的手，這就是我要帶走她的理由。」

「你的母親呢？」

「我希望你們能關照她一下。你旣然肯再提起她，我也可以放心走了。」

「你要走，也不必一定今天就走。今天是中秋，許多人就是爲了今夜老遠跑了回來呀。」

經他一提，我才猛然想起今天又是中秋了。記得阿巧告訴過我她喜歡中秋。人家說中秋的月亮特別圓，特別大，特別亮。但這月亮並不屬於我，這日子也並不屬於我。

晚上，我和母親一起吃了最後一頓飯。她說她知道留不住我，問我難道連一頓晚飯都不肯再和她一起吃。我沒有拒絕她。我覺得，拒絕與不拒絕都不再是重要的事。

吃過晚飯，我揹起孩子，慢慢地踱到門口。母親也跟了出來，她是扶著牆壁出來的。我沒有回頭，但我知道。走到門邊，她停下來，說今天天氣不好，恐怕看不到月亮。

「我倒希望看不到月亮，反正已在黑暗裏走慣了路。」

我在心裏說著，一直不敢回頭。

——一九六五年

吊橋

一

林有信和王正雄並肩走到橋頭，停下腳步，吊橋的主索已繫好，在空谷上空劃出兩條優美的反向拋物線。兩個工人平行坐在吊椅上，吊椅是用粗大的麻繩懸空掛住，輕輕地擺著。

從橋頭，何金水把一根一根結好鋼線的枕樑遞給他們，兩個人迅速地量好長度，把鋼線熟練地結到主索上，然後把吊椅挪到適當的位子，等著何金水遞給他們枕樑。

枕樑上只是鋪著一尺寬狹的木板，何金水就在那木板上來回走著，看著東西遞不到了，就再搬一塊木板鋪上。大概是節省鐵釘的關係吧，木板並沒有用鐵釘暫時釘牢。

兩個人把枕樑一根一根接著過去，以兩個人爲界，那邊是空無一物，這邊是整齊地排著枕樑。何金火兩手提著枕樑上的鐵絲，好像是用它在幫助身體的平衡，一旦失去了平衡，腳底下是三十多丈的深谷。

林有信和王正雄一直看著何金水，何金水是本地人，他們都認識他，當他的腳踏上那些木板，木板好像還會微凹下去，谷上有風，而那些枕樑還是始終輕輕地盪著，但何金水的腳步是確實而穩定的，在他，好像根本就沒有什麼深谷，只是在回來空手的時候，會偶而輕輕地晃了一下身體，但只看他伸手在剛接上的鋼線上輕輕一搭，又立刻恢復了平穩。

「什麼時候可以造好？」

「快了。」

「什麼時候可以過橋？」

「橋造好了。」

他們實在不了解何金水的答話，但也沒有繼續問了下去。今天，對他們來說，是一個很重要的日子，他們剛在鄉下的初中畢業回來。他們當然是興奮的，但他們的心頭總是壓著一個重擔，他們不能再升學了。

他們沿著舊路，慢慢走下到谷底。舊路就是空著身子也是崎嶇難走的，谷底到處羅布著大小不同的石礫。他們再抬頭望著造橋的工作，三個黑影高高地浮遊在空中。

二

林有信和王正雄走到橋頭，橋已造好了。

「你回去吧。」王正雄對林有信說，把手伸給他。

「自今天起，你要讀兩個人的份了。」

「我知道，這一下子，只有難爲你了。」

兩個朋友緊緊的握著手，眼睛注視著對方的眼睛。

「我還是送你到店仔。」

「眞的，不必這樣。」

他們兩個人是一起長大的，他們的父親已先後去世，在這鄉村地方，各人有一塊小小的土地。

「我們這樣子好了，既然不能兩個人一起唸書，至少也可以一個人去。我暫時留下來耕田，三年後等你畢業了，我再去唸。」林有信這樣建議。

「那怎麼行？要嗎，你就先去。」

「不，這個辦法是我提出來，你應該先去，而且你的成績一直比我好。」

「不，我不能夠這樣。」

「有一個人唸書總比兩個人都不唸好，而且三年也很快過去的。」

兩個人就這樣決定，由王正雄先到城市裏考試，結果果然考上了那所著名的師範學校。

「有空，你要常常寫信回來呀。」

「我知道，你也要常常告訴我家裏的事。」

兩個朋友又緊緊的握著手。

「那我就不送了，你要自己珍重呀。」

林有信站在橋頭，目送著他的朋友過了吊橋。

三

林有信在田裏工作是愉快的，他對自己的和對王正雄的未來，一樣地充滿著自信和希望。每天，他是在做著兩個人的工作，而王正雄就在讀著兩個人的書。

而他最愉快的事，就是等著每星期一的下午到店仔取信。他知道，王正雄總是在星期六的下午寫信給他，在星期一中午就一定會寄到的。

從家裏到店仔，差不多有四十分鐘的路程，如果半跑，二十多分鐘就可以到了，這樣子，就可以有較多的時間在回程的路上慢慢讀它。不管王正雄寫得多還是寫得少，林有信總是要一個字一個字，仔細地讀過好幾次。然後，再把它讀給王正雄的母親和自己的母親聽。

從這裏，他可以很清楚的知道王正雄的生活情形，看到他在教室裏在圖書館埋頭苦讀，也可以看到他在操場奔馳跳躍。

然後，等到晚上人靜的時候，他又把王正雄的信拿出來，一遍一遍地讀過，再想到三年以後，自己也要過著這種充滿著喜悅的生活，就不禁開心地笑了。

四

林有信到店仔取信，在路上就常常碰到徐月雲。徐月雲她們住在頂厝，頂厝要比林有信的家遠一點。

徐月雲和林有信他們是同一個學校初中畢業的，低他們一班，她一畢業之後，就在店仔那邊的小學，找到代理教員的工作。

林有信常常在路上碰到她。起初，兩個人好像都在避開，但路只有一條，雖然不必擦身而過，只有兩三公尺的路，也不好閃避，而且兩邊的家人都是熟人。

他們有時候也在店仔碰到，就一起回來。在路上，也就慢慢談起話來了。

林有信告訴她王正雄的事，他把信的內容不厭其詳地說給她聽，最後，更是把信都給她看了。

「你到店裏取信？」他們又在路上碰到。

「嗯。」

「我給你帶回來了。」

「呃，謝謝妳。」

兩個人就在路上拆開信一起讀了起來。

「我已把妳的事情告訴阿雄了。」

「告訴他什麼事？」

「說我和妳認識了。」

「還告訴他什麼事？」

「沒有了。」

「沒有了？」

「眞的。」

徐月雲沒有回答他，好像在想著什麼。

「妳在想什麼？」

「沒有呀。」

「沒有？」

「嗯，沒有。」

五

有一天，林有信注意到徐月雲的變化。當她把信遞給他的時候，手在不停地顫抖著。

「怎麼了？」

「沒有。」徐月雲的聲音很低，也好像在顫抖著。他看到徐月雲低著頭，臉一直紅到耳根。

其實，他老早就注意到徐月雲的變化了，每次，當他提到王正雄的名字，她的眼睛總是會閃著異樣的光芒，好像就在那個時候，她就顯得格外嫵媚動人。

「妳怎麼不寫信給他？」

「怎麼好意思。」

「那麼我跟他寫好了。」

「不。」

「眞的，一個人心裏怎麼想，實際上就怎麼做，如果能常常這樣，就再好不過了。」

「我，我只是想也能盡一點力量。」

「當然，我可以把這意思告訴他。」

「我知道自己的力量太小了。但是，我也許可以盡一點力，幫一點忙，三個人的力量，多多少少，總比兩個人大一點。」

林有信眞的把這意思告訴了王正雄，但是寫了信之後，當天晚上他就失眠了，林有信第一次嚐到了失眠的滋味。

六

兩個朋友最高興最愉快的時候，莫過於王正雄放假回來。他們整天在一起，有時在田地裏工作，有時還到內山捉魚。兩個人的成績是非常可觀的，如果說王正雄不在家的時候，林有信一個人做了兩個人的工作，王正雄一回來，他們至少是做五人份的工作了。

在這期間，他們兩個人幾乎都在一起，他們在一起工作，也一起休息。王正雄不停地告訴他一些在學校裏發生的事情，他們雖然寫信很多，想不到還有那麼多的事情，一直無法說完。

王正雄的話總是那麼生動有趣，他的聲音總是那麼低沉有力，而它的內容總是那麼豐富和充實。林有信很驚異於王正雄的變化，這才兩年的工夫，在某些方面，王正雄已完全成熟了，自己已完全跟不上了。

因此，他突然變得沉默起來。

「怎麼了，爲什麼突然不說話了？」

「沒有爲什麼。」

「昨天我曾碰到徐月雲。」

自從王正雄回來，兩個人之間好像有一種默默的約定，兩個人都絕口不提起徐月雲的事。沒有想到王正雄突然提起她，他好像是故意這樣的。

「呃，」林有信只是輕呃了一聲，把眼光移向王正雄，但卻又立刻避開了。

「你不願談她？」

「沒有什麼願意不願意，我知道她喜歡你。」

「你說什麼？一個女孩子就常常會對不在身邊的發生幻想。」

七

是一個暴風雨的日子，田裏的工作都停下來了，人都關在屋子裏，四下越顯得淒涼。自從昨夜，強風就一直在竹梢尖打著口哨，帶著一陣一陣的豪雨，猛烈地掃打著屋頂和窗戶。

林有信也躲在自己的屋子裏，準備結些竹籮之類的東西，也可以自用，也可以拿出去賣。在這鄉下，除了夜晚，爲了節省一點油錢和電費，他們都捨不得讓時間空蕩過去。

門一推開，王正雄冒著大雨直衝進來，他已被淋得滿身全濕了。

「什麼事嗎？」林有信驚異地問。

「徐月雲病倒了，很可能是急性盲腸炎，不巧碰了這種天氣。」

「那怎麼辦，這附近又沒有外科醫生，最好是有人把她帶到店仔，到了那裏，也許可以想想辦法，弄一輛台車。」

「呃，橋有沒有給風颳壞？」

「橋倒是沒有壞，只是沒有人可以過去。」

「叫金水哥去。」

「不，你去。」

「我？」

「嗯。」

「我和每一個人都一樣。」

「不，你去，你要有自信，像對其他的事一樣。」

「不，月雲是希望你去。」

「現在，你還在說這種傻話，你如果不去，我也不打算回學校去了。」

「你何必威脅我呢？」

「我不威脅你，因爲這件事你可以做到，而你也應該做到的。」王正雄說完，拉起他的朋友的手，緊緊地握了一下，眼睛直望著他的眼睛。

「這種事情是不能耽擱的。」

「好吧。」

八

林有信揹起徐月雲，人家還用揹巾把她緊緊綁上，好像要把兩個人合成一個。徐月雲的身體非常結實，至少有八十斤。像林有信，平時要挑一百多斤的擔子也是極容易的事，但在這種天氣，就是一個人，也不願意冒險過橋的。

一踏出門外，風雨就不停迎面颸來，雨水裏還夾著樹葉竹葉，打在臉上像被針扎了一般刺痛。

「抓緊！」林有信大聲喊著，徐月雲在背上反應了一下。山路是崎嶇難走的，再加上滿地泥濘，又黏又滑。大家陪著林有信走到橋頭。

「一個人過去。人多就危險了，這條橋已被颱風颳壞了幾次。」

「要小心呀！」林有信踏出了一步，橋在搖著，越近中間好像越搖得厲害。橋索擋著強風，不停地咻咻尖叫。

「閉住眼睛，緊抓著我的肩膀！」林有信大聲喊著，兩手緊抓著鐵絲，腳下只有一尺多寬的踏板，從枕樑之間，可以望著三十多丈底下的地方，正有一股混濁的激流在那裏冒著水煙，向下急衝。風從旁側襲擊過來，他緊緊地抓住鐵絲，不敢動彈。

然後看著風勢，再慢慢地移動幾步，再停下來等著。爲了月雲，他實在希望平安渡過，但萬一，那他也可以和月雲在一起，永遠在一起。他們好像就是爲了這，才把他們緊緊地綁在一起的。

主索從兩邊匀整地滑下，越到中間越低，最低的地方恐怕還不到兩尺高。林有信走得很慢，走走停停地接近中央。越到中央就越盪得厲害，越搖得厲害，腳底下正有一條憤怒的巨蟒，在那裏翻滾，在那裏急奔，那怒吼的巨響，已蓋沒了風的呼嘯，白色的飛沫高高濺起。

「月雲，月雲，把眼睛閉住，不要害怕。」他好像在對月雲說，也好像在對自己說，月雲爬在他的背上，不敢動彈。

風仍然斜打過來，由於月雲的關係，擋風的面差不多已增加了一倍，但爲了要支持身體，就需要有兩倍以上的力量。

「月雲，抓緊！」爲了減少擋風的面積，也爲了自己有限的力量更能有效利用，而他自己又必須用兩手撐住自己的身體，所以這就要依靠月雲了。但月雲好像沒有聽到他的聲音。

「不要害怕！」他還必須騰出一些力量來大聲喊著。

主索越放越低，一接近了橋中央，整個吊橋就猛激地擺動起來，一下子向著上下的方向，一下子又左右擺動，一點也沒有規律，一點也沒有原則。

林有信的兩手緊緊地抓住鋼索，現在已不是小心不小心的問題，他必須用全身的力量抵住強風的猛颳，有時還怕被橋板彈到半空中，摔到谷底。

「月雲，抓緊！」他已用了最大的力氣，但月雲的反應是極遲鈍的，幾乎可以說已沒有什麼反應了。

「把腳縮上！」但月雲仍然沒有反應，一隻腳一直垂在枕樑上，為了怕她的腳鈎住，林有信必須微側著身子走，這樣走路，就要更吃許多力了。

「把腳縮上！」林有信幾乎是在怒叫了，這一次，月雲勉強有了一點反應。她的腳好像早已失去了知覺，幸好她的耳朵還有一點作用。

大鋼索還在降低，林有信幾乎已跪到踏板上，他用力抓住鋼索，一步一步向前爬行，到這時候，他差不多已忘了月雲，甚至已忘了自己。

九

林有信到店仔接月雲回家，但還沒走到一半，就遠遠的看到了月雲，月雲一看到他就半跑著過來，他也立刻半跑起來迎了過去，兩個人跑，總比一個人快多了。

但忽然間，他又想起醫生的叮嚀，千萬不要做激烈的動作。

「月雲，不要跑！」但月雲似乎沒有聽到他的聲音，所以他就跑得更快，這樣月雲就可以少跑一點路。

「醫生叫妳不要跑步呀。」林有信氣吁吁的說，微露出責難的神色。

「呃，」徐月雲呃了一聲，突然笑了起來。「我倒忘掉了。」

那一次開刀還算順利，醫生說幸而來早了，再慢一兩個小時，可就麻煩了。

但在另一方面，月雲自從醫院回來，就不敢再過那吊橋了，早上上班，林有信送她過橋，下午下班，就是沒有取信的日子，也每天出來接她回家。

「我一直叫妳閉著眼睛，難道妳都沒有聽到？」

「聽是聽到了，卻好像不懂得你的意思，我的眼睛一直望著那可怕的谷底，好像那裏有什麼東西在吸住我。那時候，我就一直想，還是一下子摔下去好，也免得你替我受罪。」

「妳知道嗎，是阿雄叫我揹妳的？」

「難道他自己沒有勇氣？」

「不，正好相反，因爲他估計他自己可以做到。」

「他爲什麼要這樣？」

「他就是這樣。」

「你爲什麼要把它說出來？」

「因爲阿雄不願意說。這件事對我們三個人都很重要，而現在只有妳不知道，阿雄是絕對不會說的。」

「阿信，你明年也可以去上學了。」

「妳是說，阿雄明年就要畢業了？」

「不，我不是這個意思，我是說用我的錢。」

「不。」

「爲什麼？」

「現在我還沒想出理由來，有一天，我會告訴妳的。」

兩個人邊說，已走到橋頭。

「月雲，妳自己試一下看看。」

「不，我害怕。」徐月雲說著，把手伸給林有信，林有信攜了她的手，一起過了吊橋。

十

何金水的不幸的消息立刻傳遍了整個鄉村。就這樣，從三十多丈的高度倒栽下去。大家繪影繪聲地說，可就沒有一個人再去接他的工作。

「我去。」林有信說。

「你不能去。」徐月雲阻止他。

「我必須去，他們給加倍的價錢。」

「你不能去，錢我們可以慢慢的賺。」

「我們？妳已……？」

「嗯。」

「爲了不要去？」

「不，還要早些。」

「是爲了那一次？」

「也可以這麼說，但也不是。阿雄曾經告訴過我，妳不能把不在身邊的人和在身邊的人拿來比較的，我一直想著，我知道他的話是對的。」

「但，我還是要去，如果妳眞的了解我。」

「爲了王正雄？」

「不。」

「爲了全村的人？」

「不。」

「那麼是爲了誰？」

「爲了金生哥，我曾親眼看著他們在搭橋，如果我沒見過，那天我是根本不會答應揹妳過去的。」

徐月雲靜靜的聽著，忽然抬起頭來，她的眼睛充滿著異樣的光澤，就如林有信以前時常看到的那種眼神。

「你會怪我自私嗎？」

「這不能算是自私呀。」

十一

王正雄以最優異的成績畢業了。以前，不管是在教室，或者在寢室，他總覺得林有信的存在，他就在自己的身邊，他就在自己裏頭。他總是想，他是爲了兩個人而來的，他就是兩個人，兩個人是不能輸給人家的。每當他碰到有什麼不如意的事，他就會想起在故鄉的朋友，那個人一定在那裏期待著自己，勉勵著自己，這使他覺得自己的消極和懦弱是極其可恥的。

但每想起他，他的心情就會沉重起來，他覺得自己有負於朋友的太多了，時常默默地祈禱這三年的時間能快一點過去，輪到自己工作，讓林有信讀書。

現在他終於畢業了，他的喜悅是雙重的，他高興自己在這三年來畢竟還有一點成就，但最高興的事是莫過於從此以後可以由他幫助林有信了。

但出乎他大大意料之外的，林有信竟拒絕再升學了。

王正雄一口氣趕回故鄉來。

「那怎麼行？」

「月雲已答應跟我結婚了。」

「結婚是一件事，也不和讀書衝突。」

「但是，我的想法完全變了。」

「難道你又沒有自信？」

「不，正好相反。曾有一次，我完全失去了自信，但是我已把它找回來了。」

「從月雲那裏麼？」

「不，是你，是你給了我的自信。我是永遠不會忘記你逼我揹了月雲過橋的。」

十二

「眞的要走了？」

「嗯。」

「眞的不回來了？」

「不是不回來，只是怕沒有很多的時間常常回來。」

本來，王正雄已打算回到故鄉教書，但一聽到林有信的話，立刻就改變了主意，並且立刻寫信到學校，說他願意留在城市裏，因爲他在學校的成績是列於最優等的，這種請求立刻被允准了。

「那一點田，你拿去耕作吧。」

「不，不行。」

「那對我已沒有用了。」

「算是交換吧？」

「不，交換是要算價錢的。」

「那麼，我只好再做兩個人的工作了。」說著，兩個人都笑了，但笑得有點淒涼。

「如果有一天，你還想到城裏讀書，儘管寫信給我。」

「我想，有空，還是由你常常回來方便。」

「我會的，結婚的時候不要忘記寫信告訴我。」

林有信和徐月雲送著王正雄母子一起走到橋頭。

「你們還是回去吧。」

母親在先，王正雄在後，走過了吊橋，就回頭過來，向他們揮手。林有信和徐月雲也望著他們揮手。那時，林有信突然轉頭過來，看到徐月雲的眼眶紅紅的，眼睛噙滿著淚水。

「阿雄，你們等一下，月雲要送你們一程。」林有信突然大聲喊了起來，然後對月雲說：

「妳該送他們一下。」

「一個人？」

「一個人。妳不願意試試看嗎？」

徐月雲聽了他的話，慢慢地跨上踏板，開始她走得很慢，但越走越平穩，只是到了中間，曾經猶疑了一下，然後，把頭抬起，放步走了過去。

六隻眼睛都在注視著她。

「月雲，」王正雄的母親流著眼淚說，「妳可以一個人過橋了。」

「我可以一個人過橋了，我可以走過來，我也可以走回去。」月雲停頓了一下。「本來，我是該送你們一程的，但阿信在那邊等我呀。」說著就一個人走了回來，這次，她是走得平平穩穩的。

——一九六六年

姨太太生活的一天

我非常驚愕，妳的來信竟充滿著輕視和侮蔑，說我完全墮落了，把人的自尊踩在腳底下。妳說就是每天吃番薯籤，也不願意做人家的姨太太。我費了好大的氣力，才算勉強懂了妳的意思。妳不要把吃番薯籤說得那麼容易，這正證明妳根本沒吃過番薯籤，一點也不知番薯籤的滋味。至於我，我是吃過的。那種番薯籤人家已抽去了澱粉，用太陽把它曬乾，番薯的味道已很稀薄，不在不得已的時候，是不容易下口的。我覺得我們一點也沒有那種義務，把一輩子吃番薯籤看成一件樂事。

也許，我說話的語氣重了些，這只是因爲我拙於辭令，並且急於想爲自己辯護，實際上，我一點也沒有想要和妳爭執。誰願意爲了這種小事情而發生不愉快呢！我可以坦白的告訴妳，我只有一個願望，希望和妳解釋一番之後，我們還是和以前一樣是好朋友。

當然，姨太太並不是中國的土產，妳在戶籍上也永遠看不出這三個字的奧妙。這並不是說我已完全同意妳的看法，想完全否定姨太太的存在價值。

每個地方有每個地方的生活方式，每個角落有每個角落的行樂的手段。人生是短暫的，快樂是珍貴的，不知有過多少聰明的哲學家，曾經傷透了腦筋，說出了多少大道理，想替人類安排一種最理想的生活方式，但都沒有中國所說「及時行樂」這四個字來得實際和簡便。

妳也許要懷疑中國人的聰明，但妳錯了。妳知道，中國人既然會發明火藥，把四個現成的字拼在一起，只算是雕蟲小技。及時行樂是另一種指南針，王侯公卿了解這句話，販夫走卒也懂得它。只要妳能尊敬它，它就會接近妳，完全合乎妳的身分，完全符合妳的要求。

一天的開始，是愉快的。太陽帶著萬丈光芒，從東方的地平線上直衝上來。這象徵著愉快的開始，而愉快的開始象徵著愉快的結束。當然，妳不必急於想著結束，因為我們才開始。

太陽光線從玻璃窗射了進來，照在他身上。完全是那麼一回事。我不必替妳介紹，我既然是姨太太，妳就自然知道他的身分。他的一切作為，完全符合他的身分。他躺在床上，躺在我的身邊，倦倦地。那顏色不勻整的皮膚，那鬆弛下垂的肚皮，一點也看不出威儀。妳會說，人在快樂的當中，怎還會顧及威儀？這一次，妳完全對了，我很高興，妳已慢慢懂得我的意思，我們之間的距離已經漸漸縮短。我一點也不焦急，這種事總是要慢慢來的。

他的臉背著我，只能看到他的後腦勺，稀稀疏疏長著幾根毛。他的胸部既然朝上，他的臉朝我和背我總是一樣，只是一轉頭的工夫。我把他的頭轉過來，他的頭頂已光禿，但那有什麼關係，也許只因他吃多了一點味寶。他仍睡得很熟，呼吸勻稱，像個嬰孩。已有了一些年事，還能夠熟睡總算是一件好事。我用手指摸著他的頭頂，摸著他的臉，和他的胸部。他的西裝筆挺地掛在衣架上，一條領帶垂得很長。都是外國貨，脫下來的都是外國貨，而在這場合，外國貨也必須脫下來的。把衣服脫光了，每個人不都一樣？我不是狗儒，我只是向妳說一句不關緊要的笑話而已。其實，我何嘗承認每個人都一樣？我現在偏偏不和別人在一起，就是最有力的證據。

我用手指輕擰著他那鬆弛的面頰，他的嘴角微微綻出一絲笑意，那麼和善，那麼親暱。此時此地，他是愜意。他的臉是肥腴的，是油膩的。這可以看出他的皮膚還有很好的新陳代謝。他的臉皮是鬆和的，這一點是由於他常常笑。我不願意看著人家整天愁眉苦臉，更不願看他們怒目瞋眼。他的眼睛慢慢睜開，有點含羞答答，一條細細的縫，慢慢地睜出黑眼球，他的眼珠向我，瞳孔也向我。眼眶四周微微塌進，也許因爲平時戴慣了眼鏡，這時眼睛顯得格外細瞇。他把泰山般的軀體轉動一下，突然伸出巨靈的手，抓住我的肩膀。他把棉被踢開，我的身上一樣沒有外國貨。這並不是說他吝嗇，我那許多外國貨，現在都靜靜地躺在衣櫃裏，掛在衣架上。

既然是這樣，底下的事只好表過不提。人們所要做的事，都是大同小異，而且我們還有一個電檢處，也許我歸錯了管轄，但電檢處畢竟是一個名正言順的機構，此時此地，犧牲一點點快樂，總也不致損害我們的原則。

太陽在天空上忙碌地運轉，時鐘在牆壁上嘀答嘀答，但在快樂的尖峰，時間失卻了意義，沒有必要也沒有辦法正確地估定。不知經過多少時候，車在門外輕輕鳴了兩下。不要緊張，這不是催促，而是報到。報到總算是一種禮貌，也表示一種負責，因爲他還要到裏頭和下女聊天。

過了一會，我們一起起床。我去叫下女準備食物。我們早餐都很簡單，只吃一個雞蛋、一杯牛奶、一點麵包抹上一點牛油。還有最重要的，一杯洋酒。這種洋酒來源如何，我們可以不聞不問，道理很簡單，小孩子也知道，放在桌子上的東西都可以吃。他端起那杯洋酒，一飲而盡，血色慢慢增加，他知道如何保養自己，而最高明的方法，就是用快樂去保養它。

他吃東西吃得很慢，不忙不迫，他有充裕的時間，完全合乎自己的性格，也完全合乎自己的身分。吃了飯之後，我替他點一根香煙，漂亮的紙盒，全印著橫式的文字，然後我自己也點了一根。有人還在大叫大嚷，呼籲戒煙，說什麼吸煙容易導致癌症，我不相信讓他們當了公賣局長，還會這麼小器。他坐了一下，站起來，我親自替他披上上衣，一穿上衣服，整個人都變了。這也不能怪北京人，只該怪時代的不同。他把衣服拉了一下，把我拉過去，吻了一下。他也不忘記這最後的禮節。有人說，這是西洋人的玩藝兒，我不相信。在大庭廣衆下，我不知道，也不必說，但在床笫間，我不相信只有西洋人才會生孩子。我跟他走到門口，他叫我不必遠送，他總是這樣體貼，我只好聽他的話，領他的情，站在門檻後向他飛一個香吻。

他慢慢踱到門口，兩腳微微張開，肚子向前凸起。司機已在車邊，開著車門迎候。他是一個好司機，不忘快樂，也不忘責任，從來就沒有使人不愉快過，這完全符合主人的要求，也完全符合他的職業和身分。他又把衣服拉拉，肚皮向前凸出，當他又一轉頭，我立刻向他笑笑，他也笑笑，笑得很甜，很蜜。一個笑勝於一千個語言。

車輕輕滑開，盡量減小聲音，尾巴噓出一點點青煙，也許是剛發動才能看到那一點點的顏色。聽說洋人正在設法和研究，想把那一點點的聲音和煙氣也消滅掉。但，車子不是幽靈，他們沒有中國人聰明，不知聲勢也會給人快樂。

他一走，我完全自由了。能自由是快樂，和他在一起也能快樂。因爲我從來沒有想到和他在一起有什麼不愉快。我再點一支香煙，慢慢吸著。陽光從玻璃窗射進來，我把窗帷拉開，窗外是一片朝氣，有花有樹，而我又喜歡在這城市裏能看到一點田園的氣息。

下女進來，問我什麼時候洗澡。能夠有這樣一個自發自動的下女，也是件樂事。我輕輕地點頭，她就去打掃浴室，我愛清潔，在洗澡之前打掃一次，在洗澡之後，再打掃一次。浴室的設備是全自動的，只需妳自己脫衣服。洗滌妳的身體，也就等於洗滌妳的心。

在這方面，他也很講究，所以不惜在這方面多花一點錢。全自動的設備。他既細心，又想得周到。他知道如何使人快樂。懂得自己快樂，也懂得使人快樂，正如一個擔子的兩邊，要一樣重挑起來可以省力許多。

我從浴缸站起來，滿身輕鬆。在一天的行事裏，除了吃，最快樂的就是洗澡。尤其是有個最方便的浴室，這也怪不得西洋影片，時時加一段入浴出浴的場面。中國人既然也洗澡，中國片當然也可以依樣葫蘆，這只是時間的問題，並不是中國人不夠勇敢、不夠聰明。

這個房間是仿照旅館的設備，把臥房和浴室連在一起。旅館的設計，最主要是考慮到行樂的方便。我的房間就是爲了這而特別設計、特別安排的。我的床也是特別設計的。妳也許要笑，床就是床，還有什麼特別不特別。不過妳要知道，一樣是床，有的值一千元，有的卻要值上一萬元，這裏面是大有學問的。舉一個比較容易明白的例子，彈簧是個問題，墊子是個問題，木料也是個問題。妳如果睡在一頂軋軋作響的床上，總不會舒服吧？

下女已換好床單，我躺在床上，舒展四肢，舒舒服服，一點聲音、一點重量都沒有，好像在水中輕漂，又好像在白雲上浮遊，既有詩意，也有情調。我把四周打量一番，雖然我每天都在看著，那些輕緲的紗帷，華麗的吊燈。這整個房間，每一寸天花板，每一寸地板，每一寸牆壁都有鈔票的影子。我勸告妳，不要隨便輕視鈔票，妳要尊敬它。他教我如何尊敬它，雖然他一句話也沒說，但我知道，我知道應該如何地敬重它。他甚至於一句話也沒有說，有一個人，另外的一個人，突然來找我，問我要不要一座洋房，四周有花園，目前差不多值上三、四十萬。這個數目，妳如當女工，剛好做一輩子，就是當銀行的女職員，也不折不扣要幹半輩子，何苦來，只要妳點點頭，這就是妳的了，難道妳連點頭也不會？我當然會點頭，每一個人當然都會點頭，我的父母親當然也會點頭了，他們都說眞想不到，眞想不到，又感激，又興奮，簡直比我考上大學還要高興十倍。點一個頭，多麼簡單，而且，連一個人也沒有傷害到，也沒使任何一個人感到不愉快。

只要點點頭，只要和他一起。他的要求很簡單，他只要求妳知道自己是一個女人，一個漂亮的女人。他所要求的，絕不會超過一個普通女人平常要做的事。起初他來得較勤，目前一個禮拜只來一次，除了這，我完全自由。他來，我感到幸福，他不來，我感到自由。自由和幸福，是屬於同一個系列的，是做人的條件。我躺在床上想著，想著。「想」是多麼嚴重的事，其實，只需看看畫報，看看漫畫，有時也看看小說，多愜意，愜意到時間從妳身邊溜過的時候，妳都不想攔阻它。

我伸手到床頭小几，那本小說已不在。它是一位女作家寫的，她的小說妳也許已看過不少了。我也看過不少，我覺得這是爲我而寫的，都使我很感動。我微撐起身體，看見書已掉到地板上。我們的地板很乾淨，就是洗好了澡也可以在那裏打滾。我要告訴那位女士，我把書掉在地板上是無意的，也許是因爲我太喜歡看，看得太久太累，不小心把它掉落在地板上。有人說她的小說是文藝，有人偏說不是，攻擊她。我不贊成任何一邊，我只要有小說看，只要我喜歡看的小說，我就可以看到天亮，所以才把小說掉在地上，這一點，我應該感謝那位女士，也應該向她道歉。

電話突然響起，有了電話，人與人之間的距離無形縮短，並且在床上一伸手，就能夠充分享受這文明，這就是文明的特徵，也就是文明的好處。「喂！」「喂！」一呼一應，準是他，也不必互通姓名。「妳很快樂嗎？」「喂，你呢？」他也很快樂。他最明白快樂與否，也能區別它的程度。快樂和很快樂是不同的。眞正文明的人，才會品味出輕微的差別。剛才電話一響，我就知道是他。他的聲音裏充滿著愉快和感激。「妳要什麼東西，妳自己去挑好了。」他總是這樣，完全是自動的，妳就是打著燈籠出去挑，也不一定能挑到這種先生。金錢是身外物，對的，但金錢能在妳身上增加些什麼，就發揮了它的功能。

「你中午不陪我吃飯？」我問他。「不，現在我就要主持一個會議，中午我要請他們吃飯。」聽說地位越高的人越喜歡開會，因爲地位越高越能領略開會的樂趣。在公司裏，在銀行裏，他都是數一數二的人物，我自然應該明瞭並且尊敬這種好處。而他也時常會利用一二，有時竟也犧牲和我的約會。像這種場合，他當然也很抱歉，但我還是不願妨害到他的公務。我告訴他，我一個人也能快樂。也許，妳以爲我怕和老頭子上街，故意說一個人也能快樂，如果妳心裏有這種思想，妳就錯了。我一點也不在乎，而且他又是一位體體面面的紳士，能和他一起，甚至於挽著手，也是榮幸，而不是羞恥。

我們談的並不多，但這也沒有關係。既然我的床上有電話，而他的辦公桌上也有，只要一方忽然想起什麼，就可以隨時撥出一個號碼，它就會把聲音帶到妳的身邊，好像兩個人坐在一起，還拉著手呢。他打電話來，純然是爲了要向我表示感激。這是多餘的，就正因爲這樣，妳就知道他有多麼善良。他又問我要什麼東西，我說還沒有想到，他說如果想到了，不必猶豫馬上打電話給他。我說一定會的，他就說會議就要開始了，是不是可以把電話掛斷。

掛好電話，我又躺到床上，舒展四肢，想想今天要做的事。有人說做什麼事都必須要有計畫，要依計畫，不管是做重要或不重要的事。我卻不這樣想，有了計畫就有了拘束，有了拘束就減少快樂。一個女人，一天要做的事，總不外打牌、看電影、吃館子，還有買些妳所喜歡的東西。只要順水推舟，自己高興做什麼就做什麼，不要勉強。如果妳事事依著計畫，妳就必須做許多不愉快的事。現在妳以爲是快樂的事，等一下就不一定是這樣了。

也許聽我開口快樂，閉口快樂，聽得夠膩煩，但如果妳能仔細地想一想，我們活在世上，到底爲著些什麼，妳就會慢慢地了解我。其實，我們也不必故意逃避快樂，完全沒有這個必要，因爲我們沒有見過爲了快樂而嘆息。

不久，門鈴響了，下女進來告訴我有人找我。我叫她請他們在客廳裏稍等，匆匆打扮了一下。這是一門遠房親戚，我已算不清輩分。她一看我，立刻站起來，叫她的兒子喊我阿姨，自己也阿姨長阿姨短的叫著。當初，我要到這裏來，他們可能也在背後議論過我，我不能確實知道。沒有最好，如果有，我也不願記掛，她既然肯來，就承認目前已沒有什麼成見，我也不必那麼固執。

隨著，她滿口稱讚我的房子，我的家具和我的衣著。她說，就是做夢也不會想到這上面來。然後，她又告訴我找了好久，碰到好多下女的釘子，好不容易找到這裏來。我問他們要喝咖啡或牛奶，他們卻一直推辭不敢說。她告訴我她的兒子今年初中畢業，沒有升學，初中畢業什麼事也幹不了，如果姨丈那邊有缺，就是工友也沒有關係，請阿姨幫幫忙。

我告訴她，他們公司或銀行的事，我一概不聞不問，她既然從那麼遠特地來看我，我就向他說說看，不過不知道有沒有辦法。聽了這話，她就說我一定有辦法，並且叫她的兒子向我叩頭道謝，就向我告辭。我送他們出來，他們一邊說我心地好，一方面又不停地叫著阿姨。到外頭，我本來要叫三輪車送他們，但外頭已有一輛在等著，大概是他們坐來的，我就問了價錢，替他們付了。他們一再推辭，也一再道謝。這實在也算不了什麼，自己有能力，而他們總也算一門親戚。

送走了客人，時間已經不早，就到梳妝台前準備化妝。那些化妝品全是舶來品，起碼也是日本貨，只須多花一點點的錢，就不必擔心有什麼不良的結果。他說，我這張臉，在一萬張裏也不容易找出一、兩張，用中國貨化妝，傷害了臉豈不可惜。傷害了臉可惜，花錢就不再可惜了。當然，我知道他會賺錢。雖然我不知道他如何賺錢，女人才不必管這些呢。有了銀行，又有幾家大公司，不賺錢才是怪事呢！

這件事，我當然管不著，但如妳知道他最近修建一幢洋房，裏邊有冷氣設備，地上舖著地毯，一盞吊燈就值三萬多塊，妳就會明白讓我用點舶來品，也不至要嘆氣了。他住洋房，和我用舶來品，一樣可說完全合乎身分，完全在自己的能力以內。像我這種人，正是他物色的對象，在一萬個裏只能找到一、兩個，而他這種男人，也是一萬個裏才能找出一兩個，所以我們能在一起也是自然的。

妳說我好花插牛屎，這妳又錯了。妳說我是好花，我不敢當，但妳說他是牛屎，卻有些離了譜。也許不認識他，妳才有這種錯誤的觀念。他受過很好的教育，在他們那一代，這方面他是毫無遺憾的。他所受的教育可以使他變成一個十足的紳士。無論是坐小汽車，是坐辦公室，他總有十足的派頭。至於我，就說他每個月可以賺一、兩萬塊吧，我一個月用他幾千塊錢，也是他能力以內的事，完全傷害不到誰的感情。

電話又響了。有電話也有許多不方便。深夜，妳睡得正濃，突然電話大響，妳從夢中驚醒，提起電話一聽，原來是撥錯了號碼，而且這種情形時常發生。這是文明的產物，文明如果增加了不便，這種不便是應該加倍計算的。我把這種情形告訴他，他卻想起了一個好辦法，把電話登記了一個男人的名字，說以後打錯了電話的人就少了。但我仍是不放心，他就說設一個分機，把分機設在下女的房間，下女也願意，所以撥到這邊的，就一定是找我的了。能裝一個電話，就有能力裝一個分機。妳看他把這事情處理得多好，多乾淨俐落。他並不是牛屎。

果然不出我所料，又是三缺一了。我有電話，而她們又喜歡我，一碰到三缺一，就撥我的號碼。開始，我並不會打，這妳是知道得很清楚的。但這並不是如妳所說的我自甘墮落。向來，我就不把打牌看成那麼嚴重。就是我不會打的時候也是如此。大家閒著無事，談天之際，打它四圈八圈，也不算什麼大不了。這比看小說更容易打發時間。時間太多是件苦事，時間太少又何嘗不如此。妳會打牌，這件事自然而然迎刃而解了。我，或者和我一樣，有多餘時間而打發不了，對發明這玩藝兒的人，是很感激的。

而且，打牌還有一種好處，這種好處，是登山遠足、泡海水浴所沒有的。世界上沒有什麼東西能比太陽光加上氧氣，更能破壞女人的皮膚。女人和男人不一樣，都有保護皮膚的義務。女人這種天性，是一舉兩得的，可以爲自己，也可以爲男人。

我說要上美容院，而她們卻堅持三缺一。其實，上美容院，和上方城是一樣的，是二而爲一，也是一而爲二。她們既然堅持，就只好把上美容院的事移到下午。她們說，我自己會打扮，又打扮得那麼好，何必天天上美容院，多花好多錢。

我回答她們馬上來，但仍好好的打扮一番。就是去打牌，也和去參加宴會一樣，對打扮的事絕不能馬虎。另一面我又按鈴叫下女傳三輪車伕準備。他已對我說過幾次，說政府就要廢除三輪車，要我能幫他找職業，他說他有六個孩子。失業的事，我自己也曾經遭遇過，我知道一點滋味，至於六個孩子的事，我倒沒有切實的感覺。目前，我還沒有孩子，也不希望有。他已跟了我，這種事我總不能袖手旁觀，我就答應他繼續住下去，幫助打掃庭院，或其他雜事。說得清楚一點，就是不要再踩三輪車，其他都一樣。他很感激我，一個人能受人家感激，總比叫人抱怨好。

電話又響了，我知道她們已等得不耐煩了。女人等打牌，比男人等女人生孩子還要焦急。我說馬上去，就叫來下女吩咐了一些事，告訴她不回來吃飯，叫她把門戶看好，如果要出去，要和車伕輪流，不要兩個人一起出去，然後拿了菜錢給她。

我一進門，她們已嚴陣以待，看了我就立刻發牌，她們都笑著埋怨我，說我有三輪車，又有電話，卻偏偏姍姍來遲。雖然如此，她們還是歡迎我。我不會計較，不會欠錢，不會翻臉不認帳。但最主要還是我已來了，與其埋怨我，不如早點開戰，這種情形，就是換了我，也一定一樣的。

她們三個人也是姨太太，姨太太和姨太太就容易在一起。也許，他們男人們根本都不認識，我們女人卻很接近。一樣是姨太太，一樣坐在牌桌上，但卻也有許多不同。一個女人的價值，有時往往要取決在她們所接近的男人身上。嫁了姓錢的就是錢太太，嫁了姓金的就是金太太，妳的男人是議長，妳就是議長夫人，妳的男人是縣長，妳便是縣長夫人。沒有什麼比這更呆板，也沒有什麼比這更現實。至於姨太太，除了這以外，還要看那男人能對妳付出多少感情。他沒有錢，就一定不能買車給妳。但他若有錢，卻也不一定就會買。這裏頭就需要學問，妳在選擇的時候，一定要有眼光。從這點看，我覺得自己的選擇是沒有錯的。

當然，這也得看妳的出身如何了。她們三個人裏，有一個是酒家女出身。酒家女、咖啡女郎等等都屬於這一類。平常，她們有兩條出路，一條是嫁給普通的人，一條是做有錢人的姨太太。因爲她們所接近的男人多屬於後一類，妳不能期望一個男人上酒家是爲了物色太太，而且由於她們已往的生活習慣，就是能嫁給這一類的人，也往往無法維持正常的關係。所以說，只要面貌清秀，體態動人，做姨太太是最適當的。

第二個人，據說是受騙而失了身。她受過良好教育，人也長得不錯。學校一畢業，正是最懂得浪漫和感傷的時候，就和人大大方方地談起戀愛了，等一失身才知道人家已有太太在家。碰到這種變故，她已不再講究浪漫和感傷了，擺在面前的是一條最現實的路。幸而對方有錢，也有辦法安頓她，這總比再隨便嫁人方便得多。

最後一個和我一樣，是我們自己願意的，自己選擇，也是我們自己決定的。什麼都是現成的，什麼都是看得到的，已有了這，誰會故意去選擇不幸和痛苦？妳說我爲什麼連最起碼的自尊心也沒有了。我不願相信一個自願向不幸低頭的人，會有更多的自尊心。而且這事，完全是人家求我的。其實，只要妳算算一個人一生有多久，妳就會明白爲什麼不會故意選擇不幸和痛苦了。老天既給了我們機會，也給了我們眼光，我們最好不要辜負它，而要好好的利用它。我們並不必出賣什麼。男人對於願意奉獻處女的，總會有最大的感激。對男人說，一個女人只能有一次處女。但對一個女人說，這東西並不能放在櫥窗裏，遲早總是要給的，重點是要如何獲取最大的利益。這也是他們在酒家之類的場所，完全無法獲得的。

當然，他們既感激妳，他們自然也會打算的。妳也不必說這是買賣，是代價之類的話。反正他們已懂得感激，妳就會有好處。所以妳要好好的尋找對象，但妳就不能在小公務員中找，也不能在小商人或小職員當中找。他們就是能給妳最高最深的感激，妳所得的好處恐怕也不會太多，就是他們能把整個心，甚至把生命也奉獻出來，怕妳也不能完全滿意。何況他們也不能永久把生命和心全都給妳。我不是物質主義者，但他能給妳多少感情，就要看他能給妳多少金錢，和給妳多少時間。因爲只有這些東西是能夠測量的。

一個禮拜，如能和妳一起三天以上，那表示他把妳看得比太太重要，也表示在妳以外，並沒有其他的人可以使他付出比對妳的更多的感情。在這種情形之下，不管他是公公然然的來，或是偷偷摸摸的來，妳都可以慶幸，因爲他的心目中只有妳一個人。

如果一星期之中，他只能來兩次，妳也不必失望，在他的心目中，妳仍能占相當的分量，只是因爲他有些不得已的事，不能老是來陪著妳。如果他只能來一次，或者少於一次，就表示很可能還有別的女人。

他雖然一個禮拜只來一次，最多也不會超過兩次，但就我和他接觸的直感，我知道他並沒有其他的女人，也不是他受制於太太。他年紀大了可能是一個理由，他注重養生也可能是一個理由。不管他的理由是什麼，他能來我能快樂，他不能來我也能快樂。他一來，我盡量使他快樂，他就感激，就會相對地使我快樂。他不來，我就自己尋找快樂的方法。這一點，他對我都沒有什麼苛求，而且只要誰高興，也可以打電話互相問候問候。

就因爲他不能常來，在消磨時間方面，有時他也會替我安排一下，他知道女人喜歡打扮，喜歡吃些奇奇怪怪的東西，所以在這方面，他都能貢獻我一些意見，尤其在吃方面，使我把時間利用得更好。至於打牌，他不但不反對，反而在暗中鼓勵，因爲打牌是用以打發整批的時間最好的方法。只要有四個人，在桌邊一圍，妳可以不管太陽什麼時候上來，也用不著去讚嘆黃昏的美麗。四個人，全神貫注在那一小塊一小塊的工業品上，深深地感受著中國人的智慧。

幸運地，妳贏了，妳不必得意，就是輸了，也無傷大雅。妳不必增進妳的技術，也不必埋怨運氣不佳。妳可以默默地玩，也可以一邊玩一邊叫。妳可以不必關心男人們的世界，就是女人也好像和妳們遠隔了。孩子們在妳身邊哭叫，妳也可以暫時不必理會。這也是一種令人神往的境界。

有人加入，所以在四圈過後，我就起立讓位，看看手錶，已十二點多了。這倒不是因爲打牌減少我的快樂，而卻是我突然想要到城裏。反正有一個人不能打，我倒也願意讓出來，但她們還是拉我，堅持我打，我就笑著告訴她們，要她們好好準備，有一天我要和她們拚個七十二小時。以前，我的紀錄是四十八小時，覺得游刃有餘。

原來是這樣，他告訴我，昨天中午吃了一道很新鮮的海鮮，要我也能夠去嚐嚐。每次，他吃到什麼佳味，總要告訴我，或者帶我去。吃是一種生活的藝術，世界上最講究這種藝術的是中國人。中國菜是世界最著名的，這是有口皆碑的。在幸福的正中央，往往不會感激幸福，我也嚐過不少外國菜，但仍覺得沒有一國的會好過中國的，這倒也不必到外國才能知道。住在中國，每個人都能明白中國菜的好處，這是中國菜的偉大處，也不虧中國人把許多智慧用在這上面。

我叫了一部車，不久到了他所說的那個餐館，裏邊還有冷氣設備。常常聽人家說，住洋房、娶日本太太這一點，至少這是爲男士們所訂的理想。但現在時代已經變了，這個理想也可以修改一下，使可以用在女人身上。

關於中國菜，有許多外國人說它太油、太多。從吃這方面講，外國人還是相當外行，也許他們怕發胖。這倒也滑稽，還虧他們發明了很多減肥的藥，自己發明的東西，自己還不會充分利用。我就不明瞭，一個人的嘴在享受的時候，居然會想到身體其他的部分去。妳知不知道西洋人不吃內臟，說它髒，也不吃鯽魚、鯉魚，說牠們是吃泥巴長大的。

其實，只要不是毒藥，就可以吃。河豚、毒蛇不是都有人吃嗎？而且還是名貴的菜呢，還有那大名鼎鼎的龍骨。在西洋人，這可能是笑話，但實際上，他們有許多很好的東西不吃，才是笑話呢。

吃飯的時間是最好的片刻，也是最珍貴的片刻。記得小時候，常常聽老人家說，吃飯皇帝大，這時候，大人不能打孩子，孩子也不能讓大人打。所以，妳最能感到生的喜悅和幸福。我走出了飯館，午後的太陽特別灼熱，爲了使那快樂的片刻延長，也爲了使那熱氣消失，我走進一家咖啡店。我一邊看著報紙，一邊輕呷著咖啡。讓那濃色的液體慢慢的浸沁著妳的血管，並且振奮妳的精神。桌上放著一份晚報，我拿起來，從社會版看到電影廣告版。妳不看報紙，妳就會覺得落伍，報紙會讓妳跟上文明，也會給妳許多談話的資料。

在看報紙之間，我注意到有一個男人正盯著我看。我用眼角瞟著他，他長得並不英俊，像這情形，我一天不知要碰到多少次。他看妳，妳不必理他；只知道有人盯著妳看就好了。有人看著妳，妳可以高興，只是不要隨便把高興表露出來。

我看看手錶，已兩點半，戴上太陽鏡站了起來。電影已開始了，雖然是日場，人倒也不少。黃牛四出活動，能有黃牛倒也有所方便，至少在這種大熱天就不必擠在人堆裏冒汗，也不必怕有人故意擠妳、踩妳的腳，或者把頭髮也碰亂了。如不得已，實在也沒有人想幹黃牛這一行吧？他們是爲了生活，我們是爲了減少受罪，可說兩邊都有好處。

這個片子很長。看那廣告好像不錯，但電影卻使人有種冗長的感覺。不知不覺，我竟睡了。在電影院裏就有這個好處，要看也好，能睡也不錯。能看就能娛樂，能睡就能休憩。我醒來，再看了一段，已接不下去了，下一次再看吧。女服務生替我開了門，還匆匆地白了我一眼。她一定不會知道，像我這種觀衆，總不至於讓戲院賠錢吧？

出了電影院，我直接到美容院。本來，我打算看完了電影再去的，但早點去反而好一點，以後的事就可以從容一下。美容院的人，由老闆娘以下，全都笑臉迎我，給我熱烈的招待。老闆娘立刻捧出一大堆，法國的、美國的、日本的，美髮的書刊，和我討論。愛美是人的天性，尤其是女孩子。夏天到了，她們高興可以把胸口放下，冬天到了，就高興有華貴的大衣。妳沒見過那些在路上、在車站求乞的可憐的小女孩子，一有空還常常到玻璃櫥窗前面，照照自己的尊容？所以有辦法的人，誰不希望脖子上捲有一隻狐狸呢？

女人喜歡穿著不一樣的衣服，希望每天穿的不同，更希望有晨服、午服和晚服之分。不僅是衣服，髮型、指甲，還有其他的耳環、戒指、項鍊等等的裝飾。既然妳的臉和身材不會變，在身外的東西求變化也是自然合理的。人不能太呆板，有新的打扮，才能有新的氣氛，才能有新的心情。誰願老是看到妳一個樣子，誰願意老是讓人家看到一個樣子？

美容院的老闆和女美容師都向我大獻殷勤。來多了，小費給多了，她們不得不如此，她們既然如此，我也不能不常來，不能不多給小費。這是人之常情，無可厚非。

我端坐在椅子上，美容師的眼睛凝視著妳的頭髮，手指輕捷地動著，而另一個人卻在替我修指甲，搽指甲油。我突然想起，想把指甲的顏色也改一下，就從提包裏拿出一只珊瑚戒指，告訴她們我所需要的顏色。她們立刻答應，把原來已經塗上去的顏色再洗滌乾淨。妳也許會覺得奇怪，只在這一下子就變得那麼快。實際上，這也不必大驚小怪。一個女人，應該隨時注意自己的儀態，妳覺得有什麼不對，就應該立刻改正過來，要打扮得恰到好處，不必過分，也不必省儉。

出了美容院，看看錶，只五點多，還有一點時間，就隨便到街上晃一下，看看委託行、珠寶商和百貨店。

委託行有許多舶來貨。我不是那種人，說外國的東西就一定比中國的好，但我確是用慣了外國貨，不用外國貨，總覺得不自在，在委託行裏，也有許多魚目混珠、把國貨拿來冒充的，這妳就要小心了，到了那種地方，妳要大方，絕不能貪小便宜。

女店員看我在櫥窗前面站著，立刻迎了出來。我們都已很熟。她告訴我又來了些新的貨品，請我進去看看。「這是法國貨。」法國香水是世界上最有名的。我看了牌子，聞聞看，是眞貨。「不過，這東西我還有。」「這東西不常有，買下了一定不會吃虧。」「好吧。」反正用得著，放著錢，不如放著東西，而且，放著錢還不是爲了買東西，有時，卻有錢而買不到東西呢。何況這又是名貴的法國貨！

看了委託行，就順便看看百貨店和珠寶店。每個櫥窗都整整齊齊地擺著許多妳喜歡看的東西。妳的提包裝著些鈔票，也不必問那些鈔票是經過什麼途徑來到妳的手裏，妳看到那些輝煌閃爍的貨品，就不必驚心怵目，妳只需把錢拿出來，把東西放進去，也不必過問那些錢離開了妳的手，將如何輾轉出去。這是件樂事，這時，時間對妳也不會再是一種負擔，而是一種享受，妳只是留戀，而沒有徘徊。我曾經嚮往著這個片刻，而「求仁得仁」，還有什麼苛求呢？

正是萬家燈火的時刻，街上也是輝煌閃爍的，熙熙攘攘的男女，都穿得整整齊齊，你看我，我看你。如碰到有人多瞟妳一眼，不管是老人家，也不管是小伙子，妳也不必心跳，妳的確值得人家多照顧幾眼。這時候，妳就會體會到一個人自由自在，的確是有許多樂處。

雖然妳明白一個人有一個人的好處，但同時妳也會明白兩個人有兩個人的好處，而這種好處卻是屬於另外一個範疇。看看時間，快六點了，我知道他還在銀行。他把銀行看做自己的事業，有時還把公事帶回公館裏辦。我打了電話，果然還在。他聽了我的聲音，立刻爽朗起來。我很高興，他能把早上的心情帶到辦公室來，還維持這麼久。「你今天到哪裏？我能陪你嗎？」「妳不要逼我好嗎？」「我不逼你，不過一聽到你的聲音，而見不到你，心就煩。我眞想死，死了乾脆！」我不會死，他也知道我不會死。不過，女人的話總是這樣說。「妳不要死，下次，我到香港，或者到日本，還打算帶妳去呢。」「眞的？一定呀！」銀行是信用第一，我知道他不會亂開空頭支票，就是他不便帶我去，也會想辦法讓我一個人去走走。不到黃河心不死，但要觀光和享受，到日本或者香港也不錯。他說現在只好委屈我一下，但能叫他答應下來，也總算去了一半。

我放下電話筒，再提起來撥出另外一個號碼。「你下班了？」「差不多啦！」「你出來嘛，讓人等死了。」「老頭子呢？」一個老實人，對自己的頂頭上司，在背後也會刻薄的吧？「昨天才來，今天不會了，你如果那麼怕他，還是不要出來好。」他是他公司裏的職員，小職員當然要顧慮大老闆。「不過……」「你來好了，有什麼事情我來擔當！」要快樂，有時是需要一點勇氣的。

他是個大學畢業生，進公司不久，但看來蠻有學問的樣子。有一天，他差他來，只爲了一件小事，而且叫他晚上來。他長得相當高，相當英俊。起初，我猜不出老人家的用意，以爲是差他來試我的。但現在，我已漸漸明白了，他怕我到外面招蜂引蝶，所以想用他來控制我，而他又可以控制他，也就等於間接把我控制了。也許是因爲他年紀大，也許是因爲他是銀行家，精於計算。他只有一個願望，希望我和他在一起時，能溫柔體貼，至於其他，就只要我所作所爲，不違反這個大原則。這方面，年輕人也能勝任，不久，他把他升了，爲了答謝，也爲了更好控制他。

他穿著筆挺的西裝褲，襯衣上還打著領帶，一看見我就露出白而整齊的牙齒笑著。他不抽煙，是個公賣王國的叛徒，這由他的牙齒可以看出來。他一看我，就說今天應該由他請客。他這個人實在單純，我也沒有反駁他。爲什麼一定要在這種小事情上面計較呢？

我帶他到一家餐館，他沒去過。以前，老人家曾經帶我來過，我就帶他來。以前，老人家帶我去過的地方，我一一帶他去經驗一下，從一個人點菜的技術，妳就可以推想到這個人的脾氣，和世故的深淺。我要他點菜，因爲我每次喜歡帶他到不同的地方。看樣子，這次客又是我請定了。

我故意帶他到處轉，一下子吃西餐，一下子吃日本料理，至於中國菜，川菜、粵菜、甚至於蒙古烤肉，我們都嚐過。吃中國菜比較單純，只要把東西放進嘴裏就行了，像吃西餐和日本料理有那許多規矩都是多餘的。他們的菜差，就故意定出這許多規矩來，不外是想掩飾內容的不足。他問，那我爲什麼吃西餐和日本料理，我告訴他，每個人都是這樣，都要換換口味，就算吃慣了大魚大肉，也想吃點蔬菜，點綴點綴胃囊。你總不會說蔬菜比魚肉好吃吧，除了和尚和尼姑們那些違心話。在這方面，他還是相當佩服我的情趣和眼光。

吃了晚飯，他提議去看場電影。我覺得奇怪，晚上有那麼多的節目，他怎麼只想到看電影？妳可以到舞廳，可以到夜總會，也可以到那些大飯店，有那麼多的飯店，而每一家大飯店最長每個星期也換一個節目。我告訴他下午剛剛看過一場，還是不要看，他好像有些失望，但我也管不了這許多。

看電影不行了，他就提議去聽古典音樂，他的趣味仍然很純粹，這是我可以料到的事。古典音樂廳裏，燈光暗淡，剛好讓妳可以看到通路，和附近一對一對男女親暱的情形。我心裏發出一點會意的微笑，他居然也懂得這種享受，一點西洋的音律，加上一點西洋的情調。但他一坐下來，就說這個地方變了，沒有多久，就完全變了，然後深深地嘆了一口氣。

我叫他不要嘆氣，告訴他如果願意，我倒願意讓他請一次客。他好像有點爲難，但也總算勉強坐下來。這一次，我可以試試他的本領了，就一言不發地坐著。侍者在旁邊站著。點東西要緊，這也不能怪他。「要什麼？」「隨便。」他猶豫了一下，然後好像下了決心說：「兩杯檸檬茶加冰。」「檸檬茶加冰。」我一直覺得好笑，但沒有笑出來。

我伸過手去，輕輕地捏住他的，他的手在微微發抖。我們已握過手許多次，而他在握手的時候，卻又在發抖。

我把身子靠過去。我並不想誘他，我只是告訴他，不要這樣拘束。我已知道他願意和我在一起，我也願意和他在一起。我們之間並不需要什麼試探。

那美妙的音律，不停地流進耳朵，但他似乎什麼也沒有聽進去，只是一直望著鄰近，但一看到那一對一對依偎在一起的情侶們，他又不安地把頭轉到別處，但在暗淡的燈光下，妳可以看到的，卻盡是大同小異的景色。他的手抖得更加厲害，慢慢由我的手臂摸索上來。

突然，我把他的手捏住，慢慢地提起來，放到我的胸口。我的心臟也在猛激地跳著。我並不打算廉售，我只是想把那不必要的距離除掉。捏著他的手，我可以感覺到他的手在發抖，我的手也在輕輕發抖，雖然不像他厲害。他的眼睛一直望著我，就是在這微弱的燈光下，也可以看到那熾熱的目光，一直逼視著我。我還是把他的手一直壓在我的胸口，好像要使它們不再發抖，也好像要使它感覺到我的心胸的跳動。

「我們走吧。」他突然站起來，兩杯「檸檬茶加冰」卻連一口也沒有喝。也許他做得對，我們無論要些什麼，都會有一樣的下場吧。

一出大門，外邊的燈光立刻照射過來。他的臉色非常蒼白。我把手伸給他，他把我的手緊緊握住，他的手掌濕濕的，倒也流了不少汗。我們經過了熱鬧的街道，一看了旅社的招牌，他瞟了一眼，又拉我走開了。我們漸漸向燈光較暗的地方走，走到河邊。河邊倒也相當清涼，對岸寥落的燈光倒映在河心，輕輕蕩漾著。

「我們在這裏坐一下。」他的聲音有點異樣。我們已走了相當遠，一直沒有說過話。河堤上也一直沒有什麼人。「還是過去一點吧。」我們又走了一段，這附近已沒有人了，我們才並肩坐了下來。老實說，我穿這種衣服，坐在這草地上是有點可惜的，但也顧不了這許多。

這一下，完全是他在主動，他看我一坐下來，就把我抱著，他抱得很緊，幾乎使我窒息，能窒息也好。他的動作，永遠是不耐煩，永遠是粗蠻的，我並沒有反抗他，因爲我覺得還可以忍受。

「我，我要和妳結婚！」他說。好像在低喃，也好像在吼叫。因爲這只是一瞬間的事，而又是在他無意中衝出口來的。我看看他。

「眞的，我要和妳結婚！」他是認眞的，我覺得好笑。他那認眞的表情，他那唐突的話，都使我覺得非常滑稽，但我只是微微的笑著。「結婚！」「他！」我一直都沒有想過要結婚，我不但沒認眞想過，可說簡直就沒想到這個問題上。而他卻說得那麼突然，又那麼認眞。他是否眞考慮過了？他才出了學校不久，在事業上也才跨了第一步。

「你沒有辦法養我。」

「我會試試！」他要試試，多天眞。一個初出茅廬的小牛。我想告訴他，他一個月的薪水全部，也不夠我花，但我沒有說。

「我會試試看，請妳給我一個機會！」他好像在懇求，也好像在命令，但無論是哪一種，都和我所預料到的離開太遠。

「讓老頭子知道，你就先把職業丟了，你怎麼試？」

「我也不一定要在老頭子那裏，天下之大，堂堂一個男子漢，還怕什麼？」他所說的話，完全在我的字典上找不到的，我忽然覺得窮於應付。我慢慢站了起來，把衣服拉拉，扯平。他一看我站起來，就立刻跟著起來，把我抱住。

「我求妳！」他還是那種話，還是那個樣子。

「請你不要再說這種話，現在我身上所穿著的東西，就夠你幹好幾個月的。」

「那，那妳爲什麼約我？」這一句話，又把我問住了。本來，我想回答他說，因爲你是一個男人，一個漂漂亮亮的男人，你能使我快樂，你也能從我這裏得到快樂。但我沒有說，看他似乎並沒有快樂，我的雄辯好像都在一刹那間消失了。

我把他輕輕推開，他好像也沒有堅持，只是怔怔地望我。

「如果你不反對，我們以後也可以繼續往來。」

「不，今天爲止了。」

「這不是眞的吧？」

「難道會是假的？」

我再看看他，他的話永遠是認眞的。但，他能這麼認眞也好。反正他這種人是一種例外，好像已決心要背負痛苦的十字架，但我才不願意這樣。只要我願意在街上晃半個小時，總也可以碰到好幾個像他這樣漂漂亮亮的男人。我不相信，其中就不會找出一個，既能使我快樂，也能從我這裏獲取快樂的人。

——一九六六年

苦瓜

一

友仁和友信坐在飯桌兩邊，把筷尖插在飯碗，怔怔地望著碗裏的飯，和飯上面幾片白煮的苦瓜，偶爾眨眨眼睛，望桌中央的蒸蛋瞟了一眼。

「肚子餓了，自然會吃。」她總是這樣想。但，六個多月來，他們的食欲一點也不增加，他們的臉色總是那麼蒼黃。

「吃！」每當她這麼說，他們才勉強扒一兩小口，然後又把筷子放下。他們只是七歲和五歲的小孩，而吃飯對他們已變成了一種義務。

她輪流望著友仁和友信，友仁最像輝昌。從前，人家曾經這樣說，她倒不覺得。但自從輝昌死後，反而越看越像。

都是輝昌把孩子寵壞。從前，孩子說要吃什麼，他就馬上照辦。

「吃！」她厲聲說，好像這一句話是對友仁背後的輝昌說的。她爲什麼老是想起輝昌？

兩個小孩輕輕扒了一下。她知道米不好，而菜也只有一碗蒸蛋，一碟白煮苦瓜和一碗青菜湯。

現在是現在。爲了每天三頓飯，她已變賣了不少東西。

兩個孩子的眼睛仍然望著那碗蒸蛋。從前，他們連蛋都不高興吃。現在那一碗蛋已是自早上吃到現在，而她還準備剩一點留到晚餐呢。

「吃一點苦瓜。」她想用最溫和的聲音說，反而越顯得聲音不自然。孩子們只是怔怔地望她一下。

「吃！」

輝昌就是這個脾氣，愛吃什麼就吃個不休，不愛吃的東西就半口不吃。

「不吃，去跪！」她不明白自己爲什麼又發脾氣。霎時間，孩子們的眼眶紅了起來。

「不中用，去跪！跪著吃！」

友仁站起來，好像承認他自己不中用似的。

「你是哥哥，先去跪。」她總是這樣說，好像哥哥是唯一先受罰的理由。現在，凡是處罰，友仁總是要領先承擔下來。

「你也去跪！」她對友信厲聲說。

兩個人低著頭規規矩矩的跪著，都顯得那麼小。這六個多月，他們不知跪過多少次了。如果輝昌還在，一定不會允許她的。

輝昌的父親一再叫她帶孩子回去同住，她沒有答應。她父親也叫他們回去，她也沒有答應。

就是輝昌錯了，也不能怪到孩子身上呀。公公和父親雖然沒有這麼說，她心裏卻很明白。

「孩子是沒有理由受罪的。」她自己也承認如此。本來，什麼東西都可以買，爲什麼一定要買苦瓜呢？兩個孩子仍畏縮地跪在牆角，小手上歪歪斜斜地捧著飯碗，眼角還掛滿著淚水。

一股氣衝了上來。她看到牆上掛著的雞毛撢子。以前，每當碰到這種情形，她就常常向他們揮起雞毛撢子。

飯果然很粗糙，苦瓜呢，她自己也不見得喜歡。他們也有許多地方像她吧。

「妳爲什麼要折磨自己呢？」父親這麼說過。父親的話會有錯嗎？只要她願意回去，父親還可以在家鄉那邊替她找一份工作。

華堂也來找過她幾次。他的看法也一樣，輝昌已經死了，誰還有受罪的義務呢？

「妳以爲這樣就可以減輕痛苦？」

也許是的，雖然她沒有這樣想過。輝昌的死，的確使她感到挫敗，這種挫敗削去了她全身所有的力量。減輕痛苦就能恢復她的力量嗎？實際上，在這六個多月裏，她曾經做過什麼嗎？也許她只懂得把家裏的東西一件一件變賣出去，也許她也學會了洗衣服。然而，在這六個月之間，僅僅爲了洗衣服，她已把手磨成了像旱災時稻田裏的龜裂。

「起來！」她大聲喊著。兩個小孩怯怯地站起來，手裏還是歪歪斜斜地捧著飯碗。

「過來。」她把聲音抑低。「要吃蛋？」

「嗯。」兩個孩子同時點頭。孩子就是孩子，她心裏想著。

「很喜歡吃？」

「很喜歡。」

「友仁，把蛋分了。」

「分成三份？」友仁習慣地計算她的一份。

「分兩份算了。」

「要留一點到晚上？」

「不留了。」

「媽吃一點?」

「不，我吃苦瓜，你們不吃，把碗裏的也給我吧。」

二

「多久了?」

「三個月。」

「三個月，就可以看準一個女人?」

「可以。」

「什麼話?你跟我結婚多久了?」

「八年。」

「幸虧你還記得!八年，你還沒有把我看準呢。」

「就算沒有看準，又怎麼樣?」

「什麼話?」

「看準看不準已一樣不重要了。」

「你什麼意思?」

「長話短說吧,我想跟妳分開。」

「什麼?分開?」

「分開。」

「爲了那個女人?」

「我們互相了解。」

「互相了解?那種女人,在一個晚上,就可以和任何一個人互相了解呀。」

「說正經話好嗎?不要老是扯到那上面去。」

「正經話?我不是跟你說著?我可以告訴你,沒有那麼簡單。」

「妳有什麼要求,儘可以說。」

「要求?爲了讓你和那個女人鬼混,叫我開出價錢?」

「不是鬼混,我們要名正言順地……」

「名正言順地結婚?不要辱沒『結婚』兩字。她那種女人如果要結婚,一天可以結婚十二次!」

「妳不能隨便侮辱人家。」

「我說話也算侮辱?如果我這也算侮辱,你剛才所說的一言一語就不算侮辱?你還沒看準我呢。我要說什麼就說什麼，就算是侮辱又怎樣？」

「妳有嘴巴，我當然不能管。只是，妳有一天要吃虧在那一張嘴巴上。」

「你是說吃虧已吃到眼前來了？」

「我不跟妳吵，我問妳打算怎麼樣？」

「打算？你好像已胸有成竹了？我還沒有打算呢。」

「我們還是分手好。」

「你爲什麼不乾乾脆脆把『離婚』兩個字說出來？」

「離婚就離婚吧。」

「沒有那麼簡單。」

「那妳到底打算怎樣？」

「我不離婚。」

「不離婚也可以。」

「怎麼說呢？」

「妳不管我。」

「我不管你？」

「那我也不管妳。」

「你也不管我？」

「名義上，我們還是夫妻。」

「實際上呢？」

「我和梨花一起。」

「我呢？」

「妳可以自由行動。」

「我也可以找其他的男人？」

「當然可以。」

「什麼話？你把我當做什麼人？你以爲我和那個婊子一樣，可以隨便換男人？」

「妳不要開口婊子閉口婊子好不好？」

「婊子就婊子，又怎樣？」

「妳以爲我不知道？華堂爲什麼一直不結婚？」

「華堂不結婚是他的事。我對得起你，我對得起自己。」

「當然，妳如果想繼續當聖女，我也不阻止妳。我只要和梨花在一起。」

「你以爲這是個男人的世界？以爲這是你輝昌一個人的世界？你以爲平常要什麼就有什麼，吃好穿好還不滿足，非得再找一個婊子不可。」

「今天，才算我有眼睛看到妳的眞面目了。幸而，我一向的感覺沒有錯。我可以告訴妳，我對妳說是因爲我尊重妳。妳不答應，我偏要，妳有什麼辦法？我再問妳一句，妳要離婚呢？還是保持名義上的夫妻？」

「你不要逼我。」

「那、那我請妳答覆我。」

「你爲什麼不自己說？」

「最好是離婚，以後妳也方便。」

「我不離婚。」

「那就只好名義上仍保持夫妻……」

「不行，這也不行。」

「妳叫我不要逼妳，其實是妳在逼我。照妳的意思我該怎麼辦？」

「你和那個女人分手。」

「開玩笑。妳以爲我和梨花分手，就會回到妳這裏來？」

「我要你和她分手，這件事由我決定。」

「由妳決定？妳要怎麼決定？我告訴妳，不管妳怎麼決定，我必須和妳分開。」

「非離開不可？」

「非離開不可。」

「既然這樣，等我找了律師之後，我會把我的決定告訴你。」

「呵，妳要告我？」

「我沒有說告你，萬一非得離開不可，就得體體面面離開。」

「妳去告好了，還不是為了幾個臭錢。」

「我一個錢也不要，我只要讓人家知道原因不在我。」

「有辦法，妳去告。」

「你不要逼我，我說到就做到。」

三

「媽……電視。」

她在朦朧中聽到友仁叫她。只聽「電視」兩個字，她就一骨碌翻身起來。本來，她只是想在床上躺一下，不知不覺也就睡著了。太疲乏了。

「人來了？」

「誰？」

「剛才叫媽做什麼？」

「叫媽看電視呀。」

「不知說過幾次，說媽在睡覺不要叫。」

「好好看呢。」孩子們說好看的，她並不一定會覺得好看。她已好久沒有看電視了。

「好吧，什麼節目？」反正人就要來了，看一下也好。

「電視長片。」友仁說。影片不知已開始多久了，她一點也看不出頭緒來。

「咻，咻。」友仁說。

「的，的，的，的。」友信也不甘落後。

「媽。」

「不要叫，要看，規規矩矩看。」

兩個孩子，今天也算格外規矩。她看著孩子們，想起了輝昌。

輝昌常說，她是一個逃避者。她不明白輝昌指的是什麼。輝昌不喜歡回來時看到她躺在床上。她不知道躺在床上和逃避者有什麼關聯。她躺在床上，不過是因爲太疲乏了。輝昌才是一個眞正的逃避者，他竟逃避得那麼乾淨。

「你不要逼我。」

「這是唯一的路。」

「你不再考慮一下，我眞的不如那個女人？」

「我並不是來和妳辯論女人的價值。我是來告訴妳我們必須離開，而且要立刻離開。」

輝昌一定沒有想到她會那樣做。父親和公公都一再勸告她。

「是他逼我的。」他眞的逼她嗎？他一定恨透了她吧？其實，在那一刹那，她也恨透了他，她甚至還希望他立刻從這個世界消失掉。

他常說：「記取教訓，使自己生長。」那時候，他是一個優越者。但他的優越在哪裏呢？他在做那一件事的時候，是否想起了平時自己所說的話？不管他記得與否，這一句話已經傳遞給她了。

他很快的消失了，所剩下來的是什麼？教訓是慘痛的，而成長卻是緩慢的。

「鈴，鈴，鈴，……」

電鈴的聲音把她從沉思中喚醒過來。終於來了。她的心開始急激的跳盪起來。

兩個孩子還是聚精會神地看著。他們的眼睛閃著光輝，他們的微張的嘴巴，有時綻出笑意。

他們眞的看得懂嗎？

「的，的，的，的。」

「轟，轟，轟！」

他們看著高興，不停學著槍砲的聲音。

「篤，篤，篤。」敲門的聲音還是機關槍的聲音？

「誰？」

「看電視機。」

一架電冰箱七千多元買進來的，結果只賣了兩千多元。電視機也將遭同樣的命運吧。

進來的是兩個工人和另外一個人。三個人一進門，一齊把視線投向電視機。

「這一架？」

「嗯。」

「這是舊型。」領頭的一個男頭就說。

「才買了兩年多。」

「不止吧？」

「是兩年又四個月。我可以把執照給你們看。」

「兩年多，已經很舊了。」

「街上已不容易看到這一型。」

「媽，看不見呀。」三個人在電視機旁邊走來走去。

「你們站開一點，讓他們看完這個片子。」

「我們很忙。」

「這個舊型的，我只能給兩千。」

「我七千多買進來的。」

「我知道，我們這價錢很公道，其他的人絕對不會給這個價錢。」

「媽。」友仁叫著。

「媽。」友信還小，總是跟著叫。

兩個人的眼睛直望著她。他們好像知道什麼事就要發生。

「媽。」

「媽。」

兩個人站起來，跑到她身邊，兩手抱住她的腰身，抬起頭來望著她。他們的臉的確有些像輝昌，尤其是那又粗又濃的眉毛。但那，那很重要嗎？

「我不賣了。」兩千元可以用多久？她有經驗，賣了一件東西，就要賣第二件，她已賣了好多東西了，孩子們只還那麼小。

「不賣？」三個人怔怔地說。

「給妳兩千五？」

「不賣了。」

「兩千五，不能再高了。」

「我說不賣。」

「三千！」

「三千和兩千並沒有什麼區別。」她喃喃地說。三個人一齊望著她，把眼睛眨了眨。

「妳打算賣多少？」

「我不賣。」

「三千二！」

「我說不賣，我要留著自己看。你們就是給我新電視機的價錢，我也不賣。七千元，有一天我也是會用光的。」

「那妳爲什麼叫我們來？」

「我本來想賣，但突然變卦了。」她說，低下頭來看著孩子，孩子們還是一直依偎著她。

四

推事和書記官魚貫而入。

「起立！」法警大聲喊出口令。

「秀卿，妳要聽我的話。」父親還在背後叮囑著，公公也曾勸告過她。

「我只有一個條件，只要他們分手。你們爲什麼都來勸我，難道這是我的錯？」

輝昌和那個女人站得那麼近，如果不是在這大庭廣衆裏，他不攙扶她才怪。

法警叫了他們三個人的姓名，後面略微起了一陣騷動。

「不要說話！」推事說。

秀卿站出來。輝昌和那個女人也站了出來。

「妳叫什麼名字？」

推事問她，她照答了。

「妳幾歲？」

上次，他也是這樣問她。

「你叫什麼名字？」

輝昌也照答了。

「妳叫什麼名字？」

那個女人說得很小聲，好像她是被害人。

「大聲一點！」

法官說，那個女人再回答一次，聲音仍然很小。

「妳告他們兩人什麼事？」

她說他們妨害家庭。

「妳要告他們兩個人的都寫在告狀上了？」

「是的。」

「你有沒有把告狀讀清楚了？」

「讀清楚了。」

「妳呢？」

「讀清楚了。」

「你有什麼話說？」法官問輝昌。

「輝昌……」是公公的聲音。

「不要說話！」

「她說的都是事實。」輝昌說，一個字一個字說得非常清楚，也說得非常平靜。

「妳怎麼說？」

「她說的都是事實。」那個女人說的話和輝昌一模一樣，只是聲音略低。

「他們兩個人都承認了，妳有什麼話說？」

「打官司，不是我願意的事，我希望他們兩個人能分手，我很願意撤回告訴。」

推事略微點頭，轉向兩個被告。

「自訴人剛才說的話，你們兩個人都聽清楚了沒有？」

「聽到了。」輝昌說。

「妳呢？」

「聽到了。」

「你們怎麼說？」

「我不願意和她分開。」

「輝昌！」公公輕輕的搥著椅背。

「不要說話！再說話就請他出去！」法官大聲說，然後又回頭問輝昌：「這不是開玩笑的，你再考慮考慮？」

「我已經考慮過了。」

「這是犯法的，你知道嗎？」

「我願意依法裁判。」

「妳呢？」

但那個女人只是低著頭。

「妳有沒有聽到？」

「有。」她的聲音仍然很低，但卻很清楚。

「妳還想考慮嗎？」

「……」

「梨花……」

「不問你不要說話！」

「我已經考慮過了。」

「妳怎麼說？」

「我和他一樣。」

「妳說妳自己的意思。」

「我不願意離開。」

法庭上立刻起了一陣騷動。那女人的聲音也是那麼平靜，然而每一個字卻像鐵鎚一般，敲打著她的心。她覺得全身顫抖起來，她的手摸索著，摸到了通譯身邊的木欄杆。她把木欄杆緊緊抓住，深怕自己會暈倒。

「這是妳自己的意思嗎？」

「是的。」

「這是犯法的？」

「是的。」

「妳還有話說嗎？」法官問秀卿。

「我，我沒，我，我不……」她的嘴唇在顫抖不已。

「妳安靜一點。」

「我沒有話說了。」

推事叫法警扶住她，然後和書記官商量一下。

「本案定於三月十三日下午三點宣判。」

五

她輕輕地敲了門，有一點膽怯。

第二次，她用力一點敲了幾下。

「誰？」是男人的聲音，是秦先生吧。

「我……」一時她不知如何正確的表示自己，腳步聲已可以聽到。

開門的果然是秦先生。他的身材還算高大，只是有些駝背。

「找哪一位？」秦先生怔住了一下。她見過秦先生，秦先生也一定認得她吧，只是兩個人沒打過招呼。

「聽說你們要請人洗衣服？」

「是的，妳有認識的？」

「不，我自己想洗。」她鼓起勇氣說。

「妳？」

「是的。」

聽說秦太太生孩子已三天了，到現在還沒有請到傭人。在這附近幾幢公寓，大家都知道秦太太氣度小，她也聽了不少。以前，她們也請過傭人，也請過洗衣服的人，但很多人寧願放棄幾天的工錢，就是能做整月的，頂多也只做一個月。

秦先生請她進去。一進去，她覺得大廳裏是一片的亂和髒。這邊的公寓也算是新蓋的，但秦家就連牆壁也是很髒。

「我想只洗衣服。」

「好的，好的。我帶妳見我太太。」

秦太太躺在床上，她的頭髮是一片亂蓬蓬。她曾經見過秦太太，但卻沒有見過像今天這麼髒和醜。也許，她以爲生了孩子就不能動，也不能梳頭髮吧。

床上也是一片亂，床底下地板上更是亂糟糟放著一大堆髒衣服，一股異樣的氣味衝進她的鼻孔。

「我只洗衣服。」她重新向秦太太申說一次。

「你要什麼價錢？」秦太太略向她瞟了一眼。

「人家什麼價錢，我就什麼價錢。」

「當然，當然，我們從來就是這樣。」

「不過產婦和初生的嬰孩要加一倍。」她以前生孩子的時候，也是這樣算的，而且秦太太也不是第一次生產。

秦太太轉過頭來看她，這也是自她進來以後，秦太太所做最大的動作吧。

本來，她還不知道自己能不能勝任，不應該一下子就和人家談價錢。但她對秦太太的做人也聽過不少，而自己和他們也可以算是鄰居，不如大家事先說個淸楚，免得日後誤會，甚而說閒話。

「好吧。」秦先生趨前說，但秦太太立即把眼睛射向他。

她曾經拜託過人家，但人家都以爲她說笑，怎麼也不相信她眞的要替人家洗衣服。

她看秦太太這樣，正想退出來。

「好吧，妳把衣服拿去洗了。」秦太太說，好像受了不少委屈。

她蹲下身子，把衣服摟起來。

「妳洗衣服戴不戴手套？」

「沒有。」

「沒有最好，戴手套容易把衣服揉破。」

她站起來，覺得秦太太一直望著她。她實在害怕，不知道自己是否洗得乾淨。反正，這是一個機會，一個難得的機會。她必須找個工作，而這不是一個工作嗎？她可以做一個月看看。也許，她無法忍受一個月，但她總可以盡力做幾天吧。

父親曾經一再叫她回去，說可以幫她找一份工作。對她而言，那將比替人洗衣服容易些吧。但那卻是不同的。

華堂也曾經來找過她幾次。她拒絕他，並不是因爲輝昌才死了幾個月。她知道這兩件事是不應該連結在一起的。

她把衣服放進洗衣盆。冬天的水是出奇的冷，尤其是蓄在屋頂上的水塔的水。冷水和鹼毫不容情地侵蝕著她的手。但她必須忍受，一個月並不算長，而現在，第一天才剛剛開始呢。

水雖然很冷，但一習慣也就好了。也許她可以做一個月。什麼事情都是開始最難的吧。

「我太太說，妳衣服洗好了，有話跟妳說。」是秦先生的聲音。自從她見了秦太太之後，她的身子就一直繞纏著自己不放似的。

「妳幫我把兩個孩子洗一下澡。」這是秦太太要說的話。

聽說秦太太他們的小孩子是一個月才洗三次澡，眞是那麼碰巧？

「好吧。」她本來可以拒絕，因爲她剛才已經和他們說明白只洗衣服。也許剛好是第十天，一個月如果眞的三次也沒有什麼關係吧。

替孩子洗澡本來也不是什麼了不起的事，但一下子冷水，一下子熱水，雙手實在受不了。

把孩子洗澡之後，她就順便把衣服也洗了。反正，這是她的工作。

「把孩子們的衣服也洗一洗。」果然不出所料。

「洗好了。」

「洗好了？妳用洗澡水洗了？」

「是的，我還用冷水沖過。」

「眞是，妳不知道用熱水洗衣服，花肥皂？妳看，我一下子沒有注意到，就出事。」

「我不知道。」她說，她覺得也許自己可以當一個好傭人吧。

「這樣子好了，反正今天算起，妳把屋子也打掃一下。」

本來，她也不相信人家有關秦太太的種種傳聞，以爲那些傭人們總愛誇張，但今天，她也算有機會看到眞正的秦太太了。秦太太明明知道那些衣服是幾天積下來的，照理應該從換衣服那天算起，她不打算計較，秦太太反而搶先計較起來。友仁和友信正在家裏等著她燒飯吧。

她並不怕失去這一份工作。如果有人知道她跟秦太太洗過衣服，雖然只是一天，就不會以爲她在開玩笑，就會替她找這一類的工作，而且條件也一定要好得多。

但她必須珍重這一份工作，更必須珍重今天這一天。今天已開始了，而且快要結束。在這一個即將結束一個日子的片刻，她看到了一個完整的日子。

至於孩子們，也許也應該餓一下，也可以讓他們知道，以後這種情形還會發生。

「明天，我還來嗎？」她順便也把大廳裏的東西略微收拾一下。

秦太太一直望著她，眼睛不停地打轉。

「當然了。」

「我明天八點半來。」她說，也算贏得了一份自信。

六

砰砰砰，一陣急促的敲門聲。

她有一種不祥的預感，自從那天在法院見了輝昌之後，她就沒有再見過輝昌。她感覺到輝昌已永遠離開了她。

她打開了門，一個陌生人。和今天下午的宣判會有關係嗎？

陌生人問她是不是輝昌的太太，同時告訴她他是一個刑警人員。

「是的。」不祥的預感有增無減。

「妳可以跟我出去一下？」

「什麼事？」但她沒有問，好像一問就會把事情固定下來。「現在就去？」

「現在就去。」

「好吧。」

「我在樓下等妳。」

她胡亂披上了外衣，車子裏有兩個人在等著。輝昌到底發生了什麼事？但她好像連這樣想都覺得害怕。

好吧，發生就發生吧，總不至於……但那刑警人員爲什麼會來找她？

他們都不贊成她打官司。她何嘗不也是這樣？他們說一打官司就等於毀滅了輝昌。但他們可曾經看過輝昌怎麼對她說話？不打官司就等於認輸。把男人白白交給人家，還得認不是，這是女人的條件？也許只有輝昌說得對，打和不打是一樣的。就是打官司，也不能挽救什麼。反過來說，就是不能挽救什麼，就是只有破壞，也必須打。

「你不能逼我。」她已說過很多次了。輝昌眞的逼她嗎？她願意看到人家把快樂建築在自己身上？要毀滅就一起毀滅吧。

「妳抽煙？」陌生人說。

「不。」

「你們結婚多久了？」

「八年多。」

「有時，變化是難免的。」刑警人員自己抽了一根香煙說。她沒有回答他。

到底發生了些什麼事呢？她在期望些什麼？發生的，也已發生了，害怕有什麼用？也許，她眞正害怕的是一個「未知」。

她望著刑警人員，好像在期待些什麼，然而那刑警人員又突然移開視線緘默下來。

輝昌會做出些什麼來呢？最近，她對輝昌感到有些捉摸不定。他所做所爲，不但常常出乎她的意料，有時，竟完全和她所想像的背道而馳。

也許，她的預感完全錯誤。如果是這樣，他們爲什麼來找她呢？她想起法庭上的一幕。父親會怪她嗎？公公會怪她嗎？報紙上已登過他們的事。萬一更壞的事情發生呢？也許事情只是發生在那個女人身上。

她只在法庭上見過那個女人。她雖然低著頭，但那並不是說她害怕什麼。她的聲音是那麼冷靜，好像法庭上只有他和輝昌兩個人，也好像是在對整個法庭上的人宣告她和輝昌的行爲是多麼地正當。

如果只是那個女人，他們來找她做什麼？這一定不是一件尋常的事，而且這不尋常的事一定是發生在輝昌本人身上。

車子在小巷子裏轉了一個彎，慢慢停了下來。有人把車門打開，旁邊已圍了許多人。她一下車，其中有幾個人提起照相機，對準著她。他們手指一動，鎂光從幾個方向閃了過來。

一個人做手勢請她進去，每一個人只是望著她不說話。

她走一個房間，裏面也站著幾個人，一樣的表情。突然，鎂光又集中在她臉上閃了幾下。

她的視線落到地上用白被單蓋著的兩堆。她顫了一下。有一個人迅速地蹲下，把被單揭開一角。

輝昌靜靜地躺著，他的眼睛輕輕地闔著，嘴角微微張開。他的臉色微微蒼白，一點也沒有痛苦的痕跡。他跟睡著一樣，也許更加安詳，更加靜謐。

要來的終於來了，而來的竟是最壞的。她伸手輕輕地撫摸著他的臉。她用手合攏他的嘴唇。但她手一放，嘴唇又微微張開。淚水從她的眼眶溢出，她卻很安靜，出奇的安靜，安靜得連自己都覺得害怕。

對她而言，這個光景要比他和她爭吵的時候更難受，也比他在法庭上口出冷言冷語更使她難忍。他的死，給她一種挫敗的感覺，她感到疲乏，但卻很平靜。

她站起來，那個人把被單又蓋上。他們看看她。她點了點頭。

在輝昌身邊躺著的就是那個女人吧。她和他躺得那麼近，如果不是分別用被單蓋著，他們之間就不會有隔開的感覺。他們在法庭上所表現的冷漠和平靜，在這裏又重演了吧。

她緩緩的走了過去。刑警人員好像要出來阻止她，但又立即退下去。她走到頭的部位蹲了下來，輕輕的把被單掀開。她曾經希望過另外一個女人，任何一個女人。但躺在地上的卻明明是那個叫梨花的女人。

梨花的眼睛和嘴唇都閉者，只是頭髮略微散亂。除了這一點，絲毫看不出這個女人有什麼動搖的痕跡。這和法庭上看到的那個女人比較，反而更顯得她的安定和從容。

她把被單又蓋上。就在她把被單蓋上的一瞬間，也許由於錯覺，她好像看到了那個女人的嘴角輕輕綻出了一點微笑。

七

「媽！」

「媽！」

兩個孩子站在陽台上喊著。風很大，他們就一直站在外面等她麼？她加緊了腳步爬上樓梯，把一包一包的東西交給他們。

「媽不會騙你們的吧，買的和華堂伯伯的完全一樣。」她說，兩個孩子一手抱著東西一手拉著她。

「很餓嗎？」

「好餓呀。」兩個孩子一齊說。

「很喜歡吃麵包？」

「好喜歡呀。」

「還有牛奶呢？」

「哦……」

「你們在房間裏玩一下，媽去燒開水來給你們沖牛奶。」

下午她要出去的時候，曾經把媒氣拴緊，怕孩子亂開，現在一下子卻開不起來。她用抹布墊著，但抹布一擠，手又轉動不便。她把抹布拿開。手很痛，手掌和手指都裂開了好幾處。

她咬著嘴唇，再用力扭著。手很痛，眼淚也擠了出來。六個多月來，她吃了許多苦，她連這一點苦也忍受不了嗎？她是爲了手痛而哭呢？還是因爲連這一點小事都做不好而哭呢？

「幸好華堂已經回去。」

她不願意華堂看到她流淚，她不願意任何人看到。華堂已走，她也可以放心哭一番，但她用力把眼淚擦掉。

她從秦家回來，天色已晚。一推開門，就聽到華堂和孩子們坐在電視前說笑。

「什麼時候來？」

「已兩個多鐘頭了。孩子們說你到對面洗衣服，衣服很多？」

「多一點，已三天沒有洗了。」

「秀卿，妳爲什麼一定要這樣？」

「你們再玩一下，我去煮飯。」

「不，不必了，我買了些東西來。」她看到食桌上堆著一大堆，有麵包，有奶油，有果醬，也有牛奶。

「我花了六個多月的時間，到今天才勉強教孩子們吞了幾塊苦瓜，你一來就……」

「秀卿，妳不能讓孩子餓到這個時候，妳看看他們，每一個人都會說他們營養不良。」

「一大鍋飯不吃，就非得吃牛奶不可？」

「秀卿，妳聽我說。」他想拉她的手，但她避開他。

她知道他要說什麼。只要在父親、公公，或者華堂三個人之中挑一個，他們就可以不要受罪。今天，他來，也許在期待著她的答覆吧。

「妳不要把孩子們當做仇人。」這一句話使她震了一下。她曾經把孩子當做仇人嗎？她雖然恨過輝昌，但她仍不曾把他當做仇人。她曾經在孩子當中發現過輝昌的影子，她雖然爲這件事懊悔，但她知道他們是她的孩子。在他們的身體之中，有輝昌的血液，但同時也有她的血液。她曾憎忿過輝昌，但她何嘗不憎忿自己呢？尤其是自從輝昌的死以後。

「輝昌的死和妳有什麼關係，妳爲什麼要自責？爲什麼要這樣折磨自己？妳看他連一個錢都沒留給妳。」

「我並不自責，我甚至於這樣想著，輝昌的死完全是他自己做出來的。但你也可以極端地說，有一天晚上，你給蚊子叮了一下，你對輝昌發了一點脾氣，輝昌出去，剛好碰到那個女人。你不會這樣想嗎？」

「如果這樣說，我也和輝昌之死有關了？」

「我並沒有這個意思，我只是說這是一種最極端的說法。這種想法雖然沒有什麼意思，我最近卻也會常常這樣想。說也奇怪，自從我有了這種想法之後，我對輝昌，甚至於那個女人也不像從前那麼感到憎忿了。」

「哦，妳說妳可以把輝昌忘掉？」華堂望著她哦了一聲，他好像完全不了解她。

「我怎麼能把他忘掉？從前，我想把他忘記，但我越是這樣，他就越是糾纏著我。我看著他和那個女人站在一起，也躺在一起，他們的眼神，他們的聲音，我都記得，還有什麼比這更難忍受？每一個記者拍過我們的相，每一個報紙登過我們的事。你到市場，每一個人在背後指著你，我還碰過，有一個無知的小孩就當面指我叫我。我能忘記嗎？就是說這一切都不存在了，我還有友仁和友信，他們的臉龐能使我忘記他？但能忘掉和不能忘掉，對我沒有什麼重要了。我不能忘記他，但他卻不能像以前那樣羈絆著我。」

她的眼睛好像望著遠處的一個焦點。華堂又拉起她的手。

「妳看妳的手裂成這個樣子。」華堂說，但她把手縮了回來。

「昨夜，我做了一個夢。我又夢見輝昌，那是一種很溫和的夢。我好像在夢中哭過，但一點也不可怕。我好像已可以面對著他了。」

「妳，妳還在愛他？」

「我也不知道。也許我可以做一個比喻，我不相信神，但是夢中的他，就像是一個和善的神像。你也許會覺得矛盾，但我的確有這種感覺。也許，在幾天之前，甚至於在幾個鐘頭之前，我就沒有辦法把我的感覺說得這麼清楚。」

「秀卿，妳不是說今天可以給我回覆？」他有一點焦急地問。

「你已知道我今天剛剛找到了工作，我已答應替秦太太洗一個月衣服，她正在做月子，沒有人照顧她。一個月並不很長，也許我可以做做看。」

「我，我當然可以再等妳一個月。」

「我不是這個意思。剛才，我說了一大堆話，也就算是答覆你啦。」

「妳是說……？」

「我並沒有意思傷害你，你會知道我是不會再傷害任何一個人啦。」

華堂點點頭，然後又搖搖頭，好像懂了也好像沒有懂。

「我，我要走了。」華堂沮喪地說。

「這些東西你帶回去吧。」

「那是給孩子們的。」

「我知道，如果我不讓你帶回，你下一次還會買東西。我希望你能明白。」

「我還可以來嗎？」

「怎麼不可以，我們不是老朋友嗎？我還想請你幫我做一件事。」

「哦……」

「我想把裏邊那個房間租給女學生，請你幫我寫張條子，拿到學校邊貼一貼。我會很感激你的。」

「媽，華堂伯伯還會來嗎？」友仁問。

「媽想是會的。」

「眞的嗎？」

「眞的。你們趕快把牛奶喝了，去睡覺。」

「媽，牛奶最好吃。」友信也不甘寂寞。

「好吃嗎？比苦瓜好吃嗎？」

「嗯！」兩個小孩子用力把頭點了一下。

她看廚房裏還有兩三個苦瓜，但那總是明後天的事吧。

——一九六八年

黑面進旺之死

黑面進旺是我的朋友，我的屘叔說。我的屘叔是一所國立大學農學院的教授，最近才退休下來。黑面進旺死的時候，你們都還很小，大概只有十四、五歲吧。他死得很慘。他的事你們可能都忘掉了吧。

他是我脫赤褲的朋友，自小一起長大。

他的母親叫溪泉姆，自我懂事起，就替我們家洗衣服。她曾經替很多人洗過衣服，卻從來不像替我們家洗衣服一般，沒有間斷過。至於其他的人，她一高興就洗，不高興就是給她多點錢，她也不肯答應。像街上最有錢的五先生家，就無法請到她。

自小時候，溪泉姆就很喜歡我。每次到我家拿衣服，總要偷偷地帶一塊甜糕給我。

我也常常到她們家裏去。她們的家長長的、窄窄的，像一條小巷子，一邊是廚房、井和一塊方方的木桌，另一邊就是一兩尺寬的甬道，一直通到底是一張木床，三堵壁就是床堵，從來沒有掛過蚊帳。裏邊的光線不足，地和牆都是陰涼霉濕。

母親並不喜歡讓我到溪泉姆家，但是我還是常常找機會偷偷地去。

溪泉姆洗衣服洗得不多，卻洗得很乾淨。有一次，她告訴我將來要讓進旺讀中學。

進旺書也讀得不錯。每學期我都是第一名，而他也差不多在五、六名。可是他的五、六名是從來回家不讀書的。那時候，和現在不同，老師也不嚴，其實很少人回家再讀書。進旺就是上課時，也常常不集中精神，東瞻西顧，和別人吵嘴。因此時常被老師叫起來罰站。

他就是給罰站，也照樣的玩，老師注意過他好幾次，他都不聽，老師突然大發起脾氣來，向他咆哮著說，你也不想想你母親，爲什麼那麼辛苦，然後兇兇地摑了他幾個耳光。我們的老師是從來不打人的，他雖然是台灣人，他的柔道和劍道都在兩三段，課餘還在郡役所當日本警察的教導。他怕手重打傷了人。

進旺被打時既沒有叫，也沒有哭，只是兩隻眼睛兇兇地瞪著老師。老師說，你不讀書，就回家去吧。我們沒見過老師那麼兇過。進旺一聽，眞的捲了書包回家去了。那時候，大概是小學三年級的事。以後，老師雖然去過他家兩三次，他母親也求他，他卻沒有再回到學校裏來。

我說進旺給摑了幾個耳光沒有哭，也許有點誇張。他的確流過眼淚，我就看到了。

他流的不是眼淚，而是「目油」，好像砂粒跑進去時，流出來的。

他那麼倔強，不知道是天生的，還是由於母親的關係。有一次，我聽他的母親對他說：「男孩子，哭什麼？要打架，就打贏，打輸了，打死了再回來。不准你哭。」

進旺是哭過的。我就看過。自小，他就喜歡和高大的孩子打架，給打哭了，總是躲在牆角把眼淚揩乾才回家。但是自從給老師打了以後，就不再看過他輕易流淚了。

進旺雖然不回學校，卻也時常跟我們玩，尤其是打架的時候。那時候，我們街上的學生，和西茂的學生交惡，動輒要動武。西茂是農村，孩子們讀書晚，而且鄉下人長得也比街上的孩子結實粗壯。但是街上的人多，剛好勢均力敵。

西茂的學生上課，都成羣結隊，手裏還提著一根綠皮的竹楨。這時候，兩邊的人時常遠遠地互相擲石頭。

那時候，既沒有水泥路，也沒有柏油路，路上都是鋪著雞蛋大小的卵石。

自從進旺離開學校以後，我們這裏的力量就立即削減，我們只好向他請救兵。那時，他已跑到渡船頭學撐船了。

我們一找到進旺，他就立即向我們提出一個意見，說一定要一次把他們打垮。

我們都在圳溝邊，苦林盤的背後埋伏，遠遠地看到他們一大羣人，像非洲的大象羣，把弱小的保護在中間浩浩蕩蕩地回去。我們仍然躲著不出聲，只看進旺一個人由圳溝邊從容走出來，手裏拿著一把木刀，向西茂爲首的許阿順走過去。許阿順使一個手勢叫大家停下來。進旺走到許阿順面前，面對著面，卻足足矮了許阿順一個頭。他們每一個人的手裏都緊握著一根竹槓，每一個人都擺好了架勢。

「你是一個對我一個，還是一個一個輪著來，還是要一齊來？」進旺瞪著許阿順說。

「我一個對你一個就好了。」大家都知道進旺兇，眼看差了那麼一大截，許阿順似乎不把他放在眼中。

「好吧。」

許阿順把包書的包袱緊緊結在腰際，掄起竹槓準備攻擊。

進旺把木刀抓好，突然向上一抽，抽出一把雪亮的刀，原來他那木刀裏頭，還有眞正的刀。

許阿順他們都退了一步。「不能拿刀，不是好漢。」

「不敢拿刀的，才不是好漢。」進旺說完，把口哨一吹，埋伏在苦林盤後面的孩子們都一齊衝出來。

西茂的孩子一看不對，直想拔腿逃跑，只聽進旺大叫一聲。

「誰敢跑，我就砍掉他的腿。」他這一喊，眞的沒有人敢動彈了。

大家都把他們圍住在中心，然後把他們一個一個叫出來，由大家輪流，有的用拳頭敲頭，有的用手掌摑耳光，有的用腳踢屁股，打一個放一個。

自這事發生一直到我們畢業，西茂的學生再也不敢和街上的學生作對了。

小學畢業之後，我到台北讀書，和進旺一起的機會少了。但是我也聽到，在鎮上，每次打架都有他，他儼然是個小霸王了。這也許是他的母親，溪泉姆的另一種希望吧。

自從溪泉伯死後，溪泉姆的全部希望都寄託在進旺身上。本來，她是希望他能讀書。溪泉姆她們那種家，在那時候，要和讀書結上關係是不簡單的。她所以想讓進旺讀書，多少和我家裏有關，很可能就是我母親勸她的。

可是，進旺被老師趕回家之後，溪泉姆也曾經要他回到學校，只是他死也不肯回去，她也就不再勉強他了。

「好吧，你就去當流氓吧，像你老子。不過你不要像他，你必須當一個大流氓回來。」

聽說溪泉伯以前喜歡參加子弟戲，拜拜的時候就跟著人家到處抬旗演戲。

有一次，隔壁東庄拜拜，他給人家請去演戲，戲後喝了一點酒，誇了幾句口，也許就是把演戲演到台下，無端說他是個大流氓，給當地人家一刀刺死了。其實，溪泉伯是個老實人，鎮上的人都知道，他所以參加演戲，人家都會感到意外，何況當流氓。但是溪泉姆卻一口咬定，說那種演戲的、弄獅的，還不都是些小流氓，而且他又是給人家當流氓殺死了。

「你既然不能讀書做人，不能脫離那種生活，就給我做個大流氓回來吧，把殺死你爸爸的那個人也殺回來。」

那時我已中學畢業，考進高等學校。當時，進旺也是二十歲了吧。他一個人，拿一把短刀，潛入東庄。當時進旺既是小有名氣了，東庄他們也好像在提防他。不知進旺如何打聽，把他殺父的仇家找出來，一個人追逐著那個人，追了兩小時多，終於把他殺死了。東庄是有名的「鱸鰻甕」，進旺卻單槍匹馬，在人家的地頭如入無人之境，把對方追逐了兩個多小時，終於報了父仇。由這一次事件，進旺的名氣立即傳遍了整個北部。那時，我還很得意地告訴我們那些日本同學說，進旺是我的同學，是我的朋友。

日本警察立即下令緝捕他，但是他的行蹤飄忽，始終沒有辦法捕他歸案。

就在那風聲緊密中，有一天，進旺忽然又在台北大稻埕出現。五月十三日，大稻埕大拜拜，霞海城隍的生日，有一個叫陳大榮的生意人，在永樂街大擺宴席，宴請政府名流，巨商富紳。據說陳大榮曾和政府勾結，把同業李和泰的產業吞沒。李和泰是我們鎮上的人，也和進旺有一面之識。不知道是李和泰拜託，還是進旺自抱不平，就在陳大榮擺設五十幾桌，大宴賓客的當中，進旺忽然在陳府出現。

「我是黑面進旺。」

「呃，請坐請坐。」

進旺並沒有回答，霍地把短刀拿出來。

「你不要叫。」說著用刀在陳大榮臉上輕輕一劃。

「哎唷。」

「不要叫。我說不要叫，你就不能叫。」又是一劃，就像小孩在紙上亂塗亂畫。

在座的四、五百人，每個人都瞪大了眼睛看著，聽說那邊就有不少日本警察、刑事和便衣。

那天，黑面進旺在陳大榮臉上劃了四十七刀，雖然都是皮膚之傷，但已足夠陳大榮面目全非了。

「聽說我有一個朋友最近曾蒙你照料，今天，我是特地來道謝的。」

進旺把話說完，就從容而去，等大家舒了一口氣，恢復了鎮靜，他早已不知去向了。

在這件事發生之後一個禮拜之內，陳大榮把李和泰的產業全盤歸還，而黑面進旺的名字，這一次已不限在北部，而傳遍全島了。

雖然這樣，有不少人說進旺好色，說是他最大的缺點。尤其是黑道中人，認爲這是一種卑賤的污行。

我並不認爲如此。一個正常的人，有正常的性生活，似也是正常的。尤其是像進旺那樣精力過人，而又不能安定在一個地方的人，不免有越常軌的地方。但據我所知，他就從來沒有對一個良家婦女做過非分之想。

聽說，進旺所以落網，也完全是栽在一個風塵女子的手裏。那是發生在下港的事，我也不大清楚，只知道進旺被捕了。進旺被捕，曾在報上登載過。

溪泉姆看了報上兒子的照片，曾經哭過，但是我們不知道她是喜還是悲。我們只知道她曾經說過，有一天他兒子會登上報紙，而現在她的預言應驗了。

據報上所載，他被捕是當局設的美人局。進旺被一個叫秋香的藝旦下了迷藥灌醉了。秋香當然不是眞名，甚至連她是否是一個藝旦都有問題。報上說，怕進旺的爪牙報復，秋香已被「保護」起來了。

以後，一段很長的時間，我們幾乎把進旺遺忘了。

我在大學畢業以後就留在學校裏做助手，教書是我的夙願。我在大學，一直到太平洋戰爭轉熾，盟軍的飛機來空襲的次數也頻繁起來，我們才舉家疏開回去，和父母一起。我們見了溪泉姆，才又想起了進旺。溪泉姆還是像以前那樣在替人家洗衣服。但是所洗衣服比以前少多了。也許是戰爭的關係，衣服本來就少了，肥皂也缺得厲害。但是最重要的可能還是她的年紀大了。

不知道是因爲我長大了，還是她老了，我總覺得她又小又細，好像比以前縮了不少。一時，我們幾乎都認不出對方來。她一瘦，皮膚也變得更黑了，只有頭髮白的比黑的多。

「你還想念進旺嗎？我記得你和他同年。你現在很好吧。」她拉著我的手說，以前，她總是把那雙手放在我的頭上的。

「進旺怎麼啦？」

「他很好。有一天，他一定會回來的。」溪泉姆很確定的說。「以前，我總是希望他讀書。他不是那種人。那也沒有什麼關係。反正，他和他父親不同，比他強。他就是死，也不會像他那樣吧。」

進旺和我是一起長大的，但是我們所走的路似是一種對照吧。我不知道溪泉姆是失望還是滿足，我只知道她說話很平靜，也許她已感覺到，進旺好像是走了他唯一的一條路了。

「我會等他的。」她的聲音總是充滿著信心。像她這種貧賤的人，這實在是罕見的。

「他不會隨隨便便的死。」

她的預料並沒有錯，日本一打敗仗，進旺就從火山島回來了。據說，他並不是直接回來的，他曾經到南部他落水的地方了斷了一筆舊帳。他如何了斷這一件事，沒有人知道，因爲當時戰爭剛結束，一切都還很混亂，而他自己也沒有對任何人說過。

他一回來，我們又在街上看到了他。他每出門，後面總跟著幾個人。有的捏著木棍，有的提著日本刀，有的在前腰閃亮著扁鑽，有的拖著掃刀，而他黑面進旺一個人，卻是空著手。

那時候，有人請我出來當鎮長。我是讀書人，讀的又是農藝方面的，對政治一點也沒有興趣，也就婉拒了。

我已記不得叫什麼了，反正當時臨時出來維持治安的，一部分就是這些刀光劍影的人物，和一批讀中學校的學生。實際上，那時年紀大一點的學生和青年，都被日本人徵用了，有的去當兵，有的到海外做軍伕，而那些留下的學生，在現在說起來也不過是初中的學生，沒有什麼作爲。

那時候，也有警察。但是日本警察早已銷聲匿跡，台灣警察在日據時代作威作福的也都遭了「修理」，只剩下一些忠厚老實的人物在那裏做幌子。實際上，治安之事是落到這一羣「友的」手裏了。

在街上，大家還承認黑面進旺的權威，但是到了鄉下就不同了。他們雖也知道黑面進旺這個人，雖然不敢當面衝突，但是天高皇帝遠，卻也不見得把他放在眼裏。尤其是一班十七、八歲的小伙子，更是連黑面進旺這個名字都沒有聽過。

黑面進旺沒落得很快。

有一天，他在街上巡察，迎面來了一個小伙子，突然拿一支扁鑽刺進了他的肚子裏，然後便飛也似地跑開了。小伙子的動作非常迅速，黑面進旺左右一干人物，居然讓他逃脫了。據說他是東庄人，東庄人一直在等著機會報復，而現在，居然只派出一個年輕人就差點把他結束了。

黑面進旺受傷不重，但是從這時起，他立即從權威的寶座跌落下來。

他在養傷的期間，左右兩個小頭目，阿金和虎琳就爭著要他的位子，結果阿金傷在虎琳的手裏，而進旺又無法制住虎琳，有一天，他竟以先下手為強，暗暗把虎琳殺害。

進旺在殺害虎琳之後，雖然勉強維持了一下局面，但是他的權威已失。他的權威的建立，並不是建立在殺人上，因為實際上他在戰前只殺過一個人。

現在他底下的人，對他多少懾服，是因為他開了殺戒。大家都在暗中提防他了。在防不勝防的景況下，誰都想窺機除去他，以保自己的安全，而消弭他的人，無疑就會取代了他。

他的主要敵人，卻是東庄那一班人。聽說這時候，東庄那班人已從日本軍那邊竊取了不少兵器，包括機關槍、手槍、日本刀和手榴彈。

同時，國軍在基隆上陸的消息也傳來了。就在這時候，黑面進旺又從鎮上消失了。

他到哪裏去，除了他的幾個親信以外，大概就沒有人知道。在這期間，我們曾聽到他又殺了兩個人。他們是不是他殺死，雖然有疑問，但是由種種跡象推測，又好像非他莫屬了。

第一個被害的是一個忠厚的農夫，是被手槍打死的。有人說是因進旺向他借錢被拒，有人說他曾向警方告發。但是他的被殺，大家都很感意外，如果眞的是黑面進旺所幹的，那黑面就不像是黑面了。這也許是年齡的關係。雖然那時候進旺才四十出頭，但是在用武力解決一切的情況下，這年齡也許有些大了。不然，自從黑面進旺由火山島出來之後，爲什麼就一連殺了幾個人？他已沒有自信可以讓他的敵人活著了？

第二個被害的是一名義警。他一個人騎著腳踏車從黑面進旺躲藏的地方經過，黑面進旺以爲是要去抓他，所以一急之下，就用機槍把他射殺了。

自從這兩件命案發生以後，風聲就更緊急了。又聽說那名義警是東庄人，雖然官方人手不足，東庄那一班人，也樂意參加圍捕。圍獵一頭兇猛的山猪本來就是獵人們所樂意做的事。

但是要在長滿著相思樹、竹子和菅芒的五谷一帶，捉一個比山猪更猛更機智的人物，也是不容易的。大家都知道他身邊還帶著不少武器。

在這期間，在五谷一帶的山坡地，就時常發現進旺出沒的蹤跡。他到民家搶刼，有時還強姦農家的婦女。

這時候，我也覺得他已變了，他已不是我心目中的英雄了。我很傷心他那樣一個人怎麼變得這樣下流了。這時候，他可能連那些部下都完全失掉了。在大家的心目中，他似乎已變成了一隻逢人便咬的瘋狗。

但是在我的心目中，我仍希望那個人不是他。萬一就是他，我也希望他是在極不得已的情形下才做出那種事的，也許他是被迫得別無辦法了。

他在五谷的山地躲藏了一個多月，有一天晚上又在五谷庄的農家出現。被害人是當地的保正。保正相當於現在的里長。

他在深夜裏潛入保正家，要他們煮飯，殺雞，然後說要一個女人家陪他到山裏，他怕人家在飯裏下了藥，因爲那時候他覺得每一個人都可能害他。

保正家有個女兒，也有個媳婦。媳婦在結婚三天之後，丈夫就被徵調到菲律賓，聽說船還沒有到菲島，就被盟軍的飛機擊中，人也一起沉到大海裏了。

他本來要的是女兒，因爲女兒是骨肉。但是媳婦卻自願要陪他去。媳婦要比女兒漂亮很多。這是五谷鄉人都知道的，因爲這媳婦是全五谷鄉最漂亮的女人。

女人跟著他穿過相思樹林，布滿菅芒的山巒，越過了崚線，已遠遠可以看到海了。據說日軍在那邊造了許多碉堡，防守盟軍登陸。

「進來嘛。」

女人猶疑了一下，就跟著進去。進旺點了一根蠟燭。

「妳不害怕？」

「害怕有什麼用？」

「妳男人在海外死了？」

「死了。」

「妳不想再嫁？」

「我們全家六個大人，好像沒有一個人想到這一點，也沒有一個會同意的吧。」

「妳可以嫁我，沒有人敢反對。」

「怎麼會這樣想？」

「那妳爲什麼來？」

「總比讓小姑來好吧。」

「原來是這樣。」

「……」

「妳不吃點東西？」

「要我嚐嚐？如果我給毒死了，你不……」

「那我先來吧。」

「你如果死了？」

「妳就回去，妳總知道路吧。」

「……」

「我一生之中，還沒有碰過妳這樣的女人。」

「你話倒不少。」

「我平常並不說話，今天是不同。」說著把手放在女人腰上。

「我自己來嚒。」女人把他的手推開。

「妳想男人？」

「你不要看輕我。」

「那妳爲什麼要來？」

「我來不好，那我就回去。」

「不要回去，回去對妳沒有好處。」

「你也不見得有好處吧。」

「我是第一次把女人帶到這個地方來的。」

「其他的呢？」

「在相思樹下就解決了。」

「爲什麼？」

「我要看看，仔細的看。」

女人沒有回話，把衣服解開。

「你會讓我走吧？」

「我還不知道。」

「你還不相信我吧？」

「我不相信任何人。」

「可是我已知道這個地方了。」

「我還是會放妳走的。」

「眞的？」

「眞的，妳現在就走吧。」

女人把衣服穿上。

「聽說你有機關槍？」

進旺把乾黃的菅芒撥開一下。

「妳看。」

女人點點頭走到門口。

「我要走了呀？」

「等一下。」

「你不放心？」

「不，我想為什麼沒早點碰到妳這種女人。」

「今天不是碰到了？」女人露出淒涼的笑。

「妳眞的要走了？」

「你如果不放我走，我就不走。」

「妳等天亮了再走。」

「好呀。」

「妳還是走吧。」

女人不再說話，向外跨了一步。

「等一下，我還要看看。」

「聽說你曾經栽在女人手裏？」

「我願意栽在妳這種女人手裏。」

「你要我？」

「嗯，快。」

女人又把衣服脫開。

「你有手榴彈？」

「有。」

「怎麼使用？」

「怎麼，妳有興趣？」

「什麼都要知道嘛。」

「把這一拉。」

「給我。」

「不行。」

「給我！」

「好吧。」

「如果我現在拉了，我們不就？」

「不要開玩笑。」進旺把手榴彈搶了回去。

「不是開玩笑，我來之前就想過了。」

「妳？那妳爲什麼告訴我？」

「你害怕嗎？聽說你不是那種人。」

「大家都這麼說？」

「有人這麼說就是了。」

「妳呢？」

「我倒要看看。」

「怎麼說？」

「我要看你怕死不怕死。」

「不過要看怎麼死。」

「我陪你死。不管怎麼死，我都比你年輕得多。」

「妳？」

「像你這樣，東躲西藏也不是辦法。」

「妳眞的要陪我？」

「把手榴彈給我。」

「不。」

「那你先把我殺死。對你只是多殺了一個人。」

「不。」

「你害怕？怕殺人？怕殺自己？還是怕被殺？」

「我不怕。」

「那你自己拉。」

「我？」

「那我來嚒。」

「……」

「我們要抱在一起。」

「沒有別的方法？」

「有。可是不比這好。對你對我都是如此。」

第二天一早，大家在那碉堡裏發現了兩個人的屍體，已被手榴彈炸得稀爛了。大家都說一定是男的要施強暴，女人拉了手榴彈，保全了貞操。對女的而言，這是最好的解釋吧。大家都說像黑面進旺那種人，實在不配這樣的女人來陪死。

但是有一個人並不這麼想，便是進旺的母親。溪泉姆一聽到兒子死了，老遠趕來看他。她年紀那麼大了，在走了那麼遠的路之後，還爬了好一段山坡。

她把蓋在兒子身上的蓆子拉開，俯下身去看他。

「你爲了那樣一個女人就死了？這成什麼體統？」

溪泉姆的聲音很鎮靜，她始終沒有流下一滴眼淚。

「這和你來的時候有什麼區別？早知道這樣，不如一生下來就把你捏死！」

然後用指頭在他的前額托了幾下。有人想去勸她，但是她站起來把人家一一推開。

「你生下來沒有哭，我覺得奇怪，想不到你現在卻哭了。」

這時候大家才注意到進旺的眼角，的確含著一點淚水。

黑面進旺的死，曾在鎮上引起了軒然大波。不但是鎮上，自東庄、五谷，一直到西茂一帶，凡是進旺腳跡所涉過的地方，都在不停地議論他。不管人家說好說壞，在那幾個月裏，的確沒有比那一件事更值得談論的了。

雖然，他的死沒有如他母親所希望的登上報紙，也可說是很不尋常了。

進旺死後，我們沒有再見過溪泉姆。有人看到她和來時一樣，一個人循著來路下山回去，卻沒有人看她回到鎮上來。也許她迷路了，沒有人敢確定。她似不是那種會迷路的人。

唯一我們可以確定的是，到現在，一直沒有人再見過她。

人家也許把她和她的兒子忘掉了。有一段時期，我也好像好久沒有想起過他們，尤其是搬回台北定居以後。

最近，也許是年齡的關係，也許是因為賦閒在家，我就時常想起兒時的人事。

小時候，一起讀書的那些人，現在都已是我的年紀了，有的做了大生意人，有的在家裏抱孫子，也有的已先走一步了。在這些人當中，給我印象最深的，就算這個黑面進旺了。

𣍐叔說到這裏，突然長長吁了一口氣，我抬頭看到他的眼眶也已紅了。本來，我很懷疑𣍐叔爲什麼會知道進旺帶了保正媳婦到碉堡的那一段事，但是一看到他的樣子，也就覺得實在不好開口了。

——一九六九年

清明時節

清明。今天是上墳的日子。

大清早，靜宜從床上一躍而起。建邦死後，今天已是第三次的清明節了。今天，她要比建邦的家人早到那裏。前兩次，她都在清明過後才偷偷摸摸地上墳。偷偷摸摸地愛著，建邦曾經說過。偷偷摸摸地上墳。

她並不想和建邦的家人爭先，她只想看看一年來草長多少了，她要看看那沒有壓著墓紙的墳。

因爲今天是最後一次了，她要仔細地看看，要把已看到的和將要看到的一起放進記憶的深處。前些日子，友諒曾經向她求婚，她正在考慮接受他。

也許，友諒有許多地方不如建邦，但她覺得不應該把他們拿來比較。到今天，她要把整個心放在建邦身上，今天以後，她要全心全意對待友諒。

以前，她在清明節以後上山，主要是怕見到建邦的家人。她不願意再引起人家想到往事，也不願在自己內心再掀起一些波浪。

今天，她也許會碰到。聽建邦說過，她的太太並不認識她，甚至於不知道有她這個人。她一定不會認出自己來的吧。

如果建邦的太太也上山來了，她只要避開一下。因爲自己認得出對方，對方卻不然。她漱洗完畢，換了那一套乳白色的洋裝。穿這衣服上山，會有些炫目吧，但她必須穿它。三年來，她一直沒有再穿過，今天穿它也會有意義的吧。

「今天，我看了妳這樣子，覺得實在不應該再使妳受苦。」建邦說。

「我並不覺得受苦呀。」

「妳今天眞漂亮，如果我死去的刹那有這一個影像，可說死而無恨。」

這好像是建邦對她說的最後一句話。也許會有人說他一語成讖吧。好像是這樣。但靜宜知道剛好是因果顚倒。

在事後想起來，她當時爲什麼沒有注意到建邦的臉上已有了一種決心呢。

他騎著摩托車回去，和以前一樣。也和以前一樣，向她道別。如果有什麼不同，就是多說了幾聲再見。

「她不會答應的。」

「呃。」

「就是她答應，我的父母也不會答應的。」

「但我什麼要求也沒有呀。」

「這樣下去也不是辦法。」

「你說有什麼辦法？」

「我們最好分手。」

「分手？我們要分手了？」

「我不要這樣偷偷摸摸。」

「那我們是白交了一場？」她的眼眶有些紅了起來。

「妳懊悔嗎？」

「也許。不過我好像一下子長大了許多。長大是要有代價的吧。」

他走了，她無法忘掉他。

但過了三天，他又來了。

「我實在沒有辦法忘掉妳。」

她也沒有辦法忘掉他。但她沒有說出來。

他再邀她出去，她卻拒絕了。

「你又何必這樣，如果你今天不來，也許你我都更容易忘掉。但你來了，我們不是又要從頭開始？何必這樣？」

「眞的，我求妳，只要這一次，不會再有第二次了。妳不是做了套新衣服，我還沒有看過妳穿它。」

「何必越陷越深呢？」

「也許這就是愛情吧。」

「好吧，但我不出去。」

「我求妳，只要再出來一次，我有許多話告訴妳。」

「好吧，眞的最後一次。」她也不相信以後如果他再要求她是不是拒絕得了他。

「妳眞美。」

「這就是你邀我出來，要告訴我的話？」她說，心裏有不少的哀傷。

「我愛妳，是眞的，眞心的。」

「我知道。何必常常掛在嘴巴上。」以後回想起，自己實在太傻了。

「我必須把它淸楚而肯定地告訴妳。因爲這是最後一次。」

「何必一定說最後一次呢，你相信這是嗎？」

「妳不相信嗎？」

他抱她，吻她，然後往後退了幾步說：

「今天，妳真美。」

她看他的樣子，感到有些心痛。她覺得今天晚上他和往日有些不同。她說不出什麼不同，但總覺得雖然他的話有些誇張，卻是每一句都是由心的深處說出來的。

「那麼再見了。」

「再見了。」她知道必須堅強。既然不要偷偷摸摸，還不如一刀兩斷。

晚上回去，她一直沒有睡好，她一直想著建邦。本來，就已好好的分手了，只要他不再邀她，也許只要再忍一些日子。但看他今天晚上那樣子，她也不知道自己還要忍受多久，也不知道能忍受多久。

靜宜叫了一部計程車，太陽還很低。路上已是一片春的氣息。太陽光斜斜地，從路樹的枝縫瀉進了車窗，順著車的行駛，急速地篩動。

這時，馬路上已有不少大小不同的汽車，互相追逐。馬路上是一年比一年熱鬧，一年比一年繁華。

馬路上也有不少摩托車，有的是上班去的吧，也有人利用摩托車載運蔬菜和雞鴨上台北去的吧。

她常常在報紙上看到車禍的消息，摩托車騎士的死亡率占很高的比率吧。每一次，她看到那些消息，就想起了建邦。

她實在不相信自己的眼睛。

「深夜車禍，騎士邱建邦重傷死亡。」

她實在不相信這是事實。但那的確是他。年齡、職業是他。

她立即有了一種感覺，昨天來向她道別的就是他，就是為了這一件事嗎？

這是意外。大家都會說是意外，只有她一個人知道這不是意外。

也許眞的是意外。如果是這樣，這一件事對她就沒有特殊的意義了。但她不相信這是意外。她並不是硬要給它意義，那是太慘了，也太殘忍了。但她無論如何，從昨天晚上他的表情、他的行動、他的言辭、他的姿勢裏，的的確確看到了一種決心。

他是特地來向她辭別的吧，他甚至還沒有回到家裏。

他為什麼要這樣？難道沒有更好的辦法？她為什麼不會想到呢？如果她想到了，她會不會阻止他？她有沒有辦法阻止他？

開始，她連悲哀都不會，只是不停地流著眼淚。

「為什麼？為什麼呢？」她不停地，好像在問自己，也好像在問建邦。

昨天晚上，還好好的。

有人說自殺是弱者，但也有人持相反的看法。但這又有什麼意義呢？

她只知道建邦去了，那麼年輕。也許他是弱者，但卻也是強者吧。

翌日的報紙上登刊說，建邦在死前曾投下巨額的保險，使保險公司曾懷疑他自殺。但據有關方面的判斷，好像又完全査不出有什麼自殺的跡象。

後來，巨額的賠償金落到建邦的妻子手裏，他的太太還把其中的一半捐給慈善機構，報紙上還大大地登了這個消息。

由這消息，靜宜更深信建邦是自殺的了。她甚至於相信，建邦的太太也知道這是自殺。

她所以要捐出那些錢，一半是因爲她知道是自殺，另一半可能是爲了自己這一個不知名的敵人吧。

他一死，所有的財產都留給他的妻子，那一筆保險也是妻子的名義。他的太太一定以爲不管他的行爲如何，他的心還是在家吧。她已有了財產，也有了兒子。

靜宜她呢？也許沒有人知道吧。他留下了他的心。雖然沒有人知道，但這件事又何必許多人知道呢？

他說他們的關係是偷偷摸摸。偷偷摸摸就偷偷摸摸吧。既然是偷偷摸摸開始，也就該偷偷摸摸結束吧。

偷偷摸摸地相愛著，這不就夠了。以前，這一句話曾經傷過她的心。但他一死之後，她反而覺得唯有這樣才能保持他們過去那一段關係吧。

要在最美麗的時候，漂漂亮亮地分手，而現在建邦是做到了。

她沒有看到他的屍體，她也沒有去送葬。她要一個人默默地哀悼他。她明白他的一切是屬於別人的，而屬於她的一部分，那是別人看不到的，也是別人所不知道的。她很滿足，她是應該滿足的。

靜宜付了車錢。

走過水田間，再爬上一段山路。

前年這個時候，清明已過了，她獨自一個人偷偷地爬到山上來。她在路上碰見一個小孩，要他帶路，找到半年前死於車禍，遺下了一筆巨額的保險金的邱建邦的墓。

家人已掃了墓。墓做得很穩固大方，面向山坡下一片廣闊的平原。

仍然是偷偷摸摸，但她還是要來。

當他一死，她覺得要把他埋到心的深處去。但到了清明這一天，她突然有一股衝動。她要上山去看他。她要知道他躺在什麼地方，怎麼樣的一個地方。

她覺得自己的做法並沒有錯。她一點也沒有損害到人家。

以前，她必須偷偷摸摸地愛，她覺得悲哀。但現在，她願意偷偷摸摸地到這裏來。為了不損害人家的平靜，而她自己也會覺得更平靜吧。墓草已割好，墓庭也整頓得乾乾淨淨。墓紙也整齊地壓好，綠草上也撒了些鴨蛋殼。一切都是依照禮式，家人的禮式。她沒有這個必要，這也不是屬於她的禮式。

「我不要什麼名分。」

名分和禮式就統統留給他們家人吧。

她在墓前墓後徘徊了片刻，就下山來。

去年，她又去，也是在掃墓的季節過了之後。

去年的天氣比今天的熱了一點。

今天是最後一次了。三年的時間，很短，在表面上，可以計算的，是三次，只有三次。

她一踏上山路，就有山村的小孩拿著鋤頭和鎌刀擋路要替人割墓草。

這都不是她的事。她只要上山。她要看看他的地方，要向他告別，然後要專心去愛另外一個男人。

山路附近的青草還有露水，在柔和的陽光下閃著光。

路邊有樹有竹的地方，路上還鋪著一層枯草。她的腳踩在枯草上，發出颯颯的聲音。

墓地人還不多，不過有些墳墓上已壓了墓紙，也許是提前來的吧。

路在墳墓之中，她向著目標往上爬。在路邊的人，見了她都回過頭來看看她。

沒有人穿這種衣服上墳的吧。

她有一種預感，她會碰到建邦的家人。也許他們仍認不得她。但不管認得認不得，她實在不想碰見。也許應該昨天來，或者更早。

她只認得清明這個日子，但她一看了四周也有不少人已提前壓了墓紙，她就這樣想著。

她並不是怕見到那些人。她只是不願意再引起人家不愉快的感覺，她不願意因爲這一件事再刺傷人家。至少，她不願爲這一件事而使自己不安。

她把四周打量了一下，又繼續往上爬。

山路並不陡，而且有時還有下坡。

建邦的墓並不大，但她覺得前瞻後踞，好像都很合乎吉利。

她一到，不覺怔了一下。

墓草已割好了。難道他家人也提前來過？但那也沒有關係，她本來就沒有要和人家爭先後的意思。她只是想看一看另一種面目而已。但既然不能看到，她也不勉強。也許這樣，反而可以避開人家。

但她突然發現墓龜上並沒有墓紙，墓庭上也沒有香燭的痕跡。

「爲什麼呢？」

她在心裏想著，但這有什麼重要。也許家人並沒有來過，叫人先來清掃一下吧。她照例在墓前墓後徘徊了片刻。今天也應該多停留一下。但她立即想回去，多一片刻和少一片刻不是一樣嗎？

她離開建邦的墓塋，轉下山路，走不到三、五十步，迎面撞見一個三十歲左右的婦人，身邊跟著一個五、六歲大的男孩。很熟悉的臉孔。果然是邱建邦的太太，靜宜曾在報紙上看過她的照片，她也記得她的姓名，邱黃明霞。

靜宜和明霞在山坡上碰了個照面，明霞也曾經回過頭來看了靜宜一眼。明霞已爬了好一段山坡路，抬起頭來看看前面，迎面正碰到了靜宜。明霞並不認識靜宜。這時候，在這山上，穿著那鮮麗的乳白色，多少是一種驚異。明霞回過頭去看了靜宜一眼。這麼早就掃墓回去了，看那樣子又不像是來掃墓的，如果是來掃墓，會掃誰的墓呢？

在那一照面，明霞曾看到靜宜的嘴角盪了一個明媚的微笑，正如今天的天氣，也正如她身上穿著的洋裝。

明霞還沒有來得及反應，靜宜已經輕盈地閃開到路邊的墓龜上，一上一下身子，雀躍似地下了坡路十幾步了。

明霞回頭望著她。越看越不像是來掃墓。她在下山的時候，身子總是跟著腳步一聳一沉，順著蜿蜒的山路，屈曲而下，一下子沒入山丘背後了。

明霞回頭，繼續往上爬了幾十步，指著建邦的墓，告訴身邊的志毅說：「到了，你還認得嗎？」

但，就在明霞一看到墓塋，不禁怔了一下。一股無名的怒氣，隨即衝了上來。

「原來是她。」

以前曾經有人告訴過明霞，清明過後有一個很漂亮的女人在建邦的墓前徘徊。那一定是她。

她回頭，輕輕地咬著牙齒，那個女人正以穩定的步伐穿過田間的小路。

從上面往下望，在田路上正有許多人陸續上來，有的已沒入山丘背後了。那個女人已穿出了山背，在一片新苗的綠色中，閃爍那獨有的乳白色。

她在田路上挺著身子走著。這時候都是上墳的人，只有她一個人方向相反，有時和上墳的人相錯，也在路邊讓了一下，又繼續往前走。

「剛才有人來過這裏？」

山村裏的小女孩子點了點頭。

她又回頭望著遠遠的山下，那白色越來越小，漸漸接近保甲路。

沒有錯，就是她。她是什麼東西？她怒視著那白色的一點，好像是一個靶心，她的眼睛是一支槍。

她無端毀了建邦還不夠嗎？如果不是她，建邦不就好好的嗎？

開始，明霞以爲那是一種意外，但她發現了那保單以後，她明白了。

她把保險金的一半捐了出來，她雖然不知道那個女人是誰，但她總得讓那女人知道建邦的想法。

建邦很懦弱，也沒有責任感。堅強而有責任感的人是不會自殺的。他以爲自殺就可以減輕責任嗎？他以爲給她一點錢就可以撒手走開嗎？

她曾經對志毅說，你不要像你爸爸那樣沒有責任心。志毅還小，還不懂事，不過說久了就會記得，就會懂吧。你不要以爲已逃得乾乾淨淨呀。

她又往下望，上墳來的人越來越多，那點白色這時候已不知去向了。

這時候，她才發現自己正緊捏著拳頭，整個身子都在發抖。

建邦一句話也沒有提過。她不知道那個女人的名字，也不曾看過她。她爲什麼那麼笨呢？以前，她雖也有感覺，卻太信任建邦了。

建邦爲什麼不告訴她呢？建邦也不信任她嗎？他如果告訴她，她會答應嗎？

她想起剛才那女人的臉上綻開的笑。那是笑嗎？如果那是笑，絕不會是善意的笑。

那是嘲弄的笑，也是挑釁的笑。越想越恨她。她是什麼東西？她有什麼臉？她有什麼權利？

一個好好的人好好的出去，也沒有說一聲再見，抬回來時已是死人一個。她幾乎認不出他。

如果早知道會這樣……但他連讓她知道的機會也沒有給她。如果他讓她知道，她會讓給人嗎？

那個女人，剛才雖然只一瞥，也沒有看很清楚。她好像沒有什麼缺陷，至少在表面上是如此。她有清秀好看的臉蛋，有苗條的身材，尤其是走路時那筆挺的腰肢，就是上下坡也一直保持著輕妙巧捷。

以前，她曾經聽說有個女人來看建邦的墓，總不大相信。那種女人對死人還會有什麼感情呢？但今天，她是親眼看到了。

如果她早來一步，也許還可以撞她個正著。想到這裏，她也好像覺得那女人正是從建邦的墓這個方向下去的。也許她早已認出了自己。

不要臉，她在心裏叫著。活人給害死了，還要來擾亂死者的安寧。

如果建邦眞的告訴她，她眞的退讓下來，建邦的心目中還會有她自己嗎？她絕不會退讓的。

不管如何，建邦總是給抬回來了，總是由她的手把他安葬。他是屬於她的。

她望著那一片微罩著稀薄的水氣的綠色田野，和越來越多的上墳的人羣，然後回頭看著墓塋的四周。

墓龜上還零星撒著些枯草。她到底叫誰來割墓草呢？

明霞問站在旁邊等著割草的女孩子。

「妳知道這墓草誰割的？」

「是阿木叔。」

「誰是阿木叔。」

「阿木叔……」

「什麼時候割的？」

「前天。」

「誰叫他來割的？」

「不知道。」

「是不是剛才那女人？」

女孩子沒有回答。

「阿木叔住在哪裏？」

「住山下。」

「哪裏山下？」

女孩子指著西邊。但西邊仍是一片墓地，墓地上擠滿著大大小小的墓龜，每一個墓前面都立著形形色色的墓碑。

「很遠嗎？」

「就在山下。」

「妳可以帶我去嗎？」

女孩只是站著不動，時而翻動著眼睛看她。

「我給妳五塊錢。」

女孩子拿了五塊錢，半走半跳，走在前面領路。

「媽，我口渴。」

「不要叫，口渴忍一下。」

她好像在他的身上看到了建邦的影子。

女孩子走在前面，在墓龜和墓碑之間穿來穿去，下了一段山坡，又上了一段。女孩子走得很快，明霞已有些吃不消了。

「媽，到了沒有？」志毅問。

「到了。」女孩子站在坡頂，指著山麓下的木屋。

「那就是阿木叔的家？」

女孩子點點頭，又跟著別的掃墓的人走了。

明霞帶著志毅下了山坡。

阿木的房子很小，是用木板臨山坡下的小溪溝搭蓋而成的。屋頂的菅芒草，經風吹雨打，已褪成灰白色了。

明霞走到屋前，屋前的一邊是用木板撐起來的小攤子，上面擺著些粗賤的糖果，和一些壓墓用的墓紙和香燭之類，地上放著一綑一綑紫皮甘蔗，有一個中年人正蹲在那裏削著。

「是阿木叔的家嗎？」

「我是阿木。」

「上面有一個姓邱的墓草是你割的？」

「是我割的。」

「是誰叫你割的？」

「妳是邱太太？」

「是的。」

「是我父親叫我割的。」

「你父親？」明霞已注意到阿木的衣袖上套著一圈粗麻布。

「是的。」

「你父親？」

「是的。妳不知道？」阿木回頭望著屋內的一角，在那幽暗處，安著一個靈桌。

她默默地跨過門檻，走到靈前，几上掛著一幀輪廓粗而模糊的放大照。

她突然想起了去年那個幫她割墓草的老者。不錯，那是他。的確是他。她已幾乎忘記他了，但一看到那照片，雖然不大清楚，她卻一看就認出來了。

去年，也是清明節這個日子，她帶著志毅上山來。她雖然氣忿建邦，但他總也是她的丈夫，她的兒子的父親。她沒有理由不來的。

當她從保甲路一拐入田路，就有幾個孩子攔著路要幫忙割墓草，一路跟上來。

「給我割。」

「給我割。」

孩子們一路爭吵著。

但當他們一上山，看到墓草那麼多，都開始猶豫起來。

「你們割得乾淨嗎？」

「給我五十塊，我可以割乾淨。」其中一個最大的男孩子說。

「割草嗎？」那時，來了一個老人，年紀已相當大了，身材還很魁偉，也許因爲瘦了些，手腳顯得特別長。他的頭髮稀而白，眼睛也細細的，皮膚上長著很多淡褐色的斑點。

「他們說五十元，老伯割嗎？」明霞也不知道價錢，反正一年只一次，如果能做好，錢是小事。

「啐，什麼五十塊，現在的小孩，越來心越大了。」

他年紀雖然大，動作卻還敏捷，尤其他跨開長長的腿那架式，更是一點也沒有老人的樣態。

「老伯幾歲了？」

「七十一了呀。」

「那太辛苦了。」

「鄉下人，有什麼辦法。像人家有出的，一個一個發了財了。我現在粗重的工作已不行了，一年一次，賺些零星錢，也可以貼一下。」

「兒子們呢？」

「到工廠做粗工去了。」

「你們爲什麼不搬走?」

「我們那裏還有一點山地。」

他一邊割草一邊說話，看來呼吸也有點急促了。

他先把草割掉，再用鋤頭把月桃、菅芒連根掘掉，再用土把不平的地方填平。

差不多經半個小時，墓前墓後都已整頓好了。

「好了吧?」

「好了。」

「這五十塊錢給你，不知夠不夠?」

「夠了，夠了，太多了。」

「沒有關係，你收下來，反正是一年一次，那些小孩子都要這麼多。」

「眞的，不能這樣，一分工作一分錢。」

「不要推辭，趕快到別的地方看看還有沒有工作。」

「那怎麼好，」老人猶豫了一下:「那明年，我再來幫妳割一次吧。」

明霞早已把這件事忘掉了，現在一看到那照片，不禁難過起來。

他年紀很大，但她也沒有想到會一下子這樣的。她走到靈前，端端正正地站著，先合掌，再向靈位拜了幾下。

「七十二歲了吧？」

「是的。」

「這給你。」她掏出了一張五十元。

「不，不行。」

「你收了吧。」

「不，我父親說絕不能收。」

「你收了，他一定會高興的。」

但阿木還是不肯收。

「你收了，我還要請你做一件事。」

「什麼事？」

「我要看看你父親的墓。」

明霞突然想知道，這一個每年在清明前後，不知幫過多少人整頓墓塋的老者，自己到底有一座什麼樣的墓。

阿木叫了女人出來看店，就爬上了山坡，在前領路。

老人的墓很小，和附近的比較起來，一點也看不出他是一個身材高大的人。他那小小的墓龜前面，立著一塊只有一尺寬、兩尺左右高的墓碑。墓雖然建得不久，但和這一帶其他的墓一樣，野草滋生得很快。

「你們還沒有割草？」

「等大家割草以後，比較閒了再來割。」

明霞又是一陣難過。

「你怎麼知道我們哪一座？」

「在你們外人看來，這地方似乎每一塊地都是一樣，我們本地人，每一塊地方都有名字，妳們那一塊是獅仔頭山的肩穴。」

「呃。」

「我父親還不放心，還叫我揹他上來，親自把它指給我看。」

「呃。」

明霞呃了一聲，她實在不能再聽下去了。

「你回去吧。」

「多謝了，要什麼，隨時叫我。」

明霞回到建邦的墓前，再看了那整頓得清淨的墓龜和墓庭。

這是阿木整頓的吧。她沒有看過阿木工作，怎麼也想不起他工作的情形。她想到的，看到的，總是那老人，阿木的父親。她看到他站著的姿勢，左手戴著手套，右手握著鎌刀，只看他伸出左手一抓，右手跟上，把鐮刀一按一拉，刹的一聲，又乾淨又俐落。

她想起那個硬朗的老人，在一年之間，就變成給阿木馱在背後的老人。阿木的身材好像沒有他父親高大，她似乎也看到了阿木揹著父親，搖搖晃晃上下著山坡，在墓塋間穿梭著的情景。

她拿了墓紙，依著龜殼的格式，在墓龜上整整齊齊地壓好，劃了一根火柴，燃了一束香，和志毅一起拜好了，再在墓庭上燒了銀紙。

銀紙的煙和香的煙一起上升。

建邦的墓要比老人的墓大，大得多。她站在建邦的墓前，已是第三年了。三年都是一樣嗎？遺棄了志毅，還有他年老的父母。她到這裏來，就是爲了被遺棄？這是必要的嗎？

她望著墓龜上壓得整整齊齊的黃色的墓紙，這也是必要的嗎？

她和建邦幾年，她曾經得到了什麼？是夫妻的名義？還是志毅這個孩子？還是壓墓紙的權利？把墓紙按著古例有規有矩地壓在有方有寸的墓龜上呢？

她曾經恨過他。現在也是如此？

建邦是死了，的的確確是死了。她感到他已離開她很遠了，甚至那恨也遠了。

如果在這墓前換了一個墓碑，更小的，正如那老人的，她還會以爲這底下躺著的是建邦嗎？也許，他就是那幫她割過草的老人。

她有一股衝動，她想回到剛才那小小的墓前。剛才，她並沒有很清楚的感覺，但在這一刹那，她感覺到這墳墓是那老人的墓，而不是建邦的。她有一種親切的感覺。

忽然間，她又想到了剛才那穿著乳白色洋裝的女人。現在，站在建邦墓前的，是她明霞嗎？還是那個女人呢？

她遽然轉頭，山下上墳的人仍然絡繹不絕，綠色的水田仍然是綠色，也許是陽光的關係，顯得更濃，更明燦。

那個女人爲什麼上墳來？她既沒有帶香，也沒有帶墓紙。她是不是只爲了能在這墓前站立片刻？她站在這裏的時候，是不是也有她剛才那一種感覺？或者更深刻、更強烈？

她有些妒意。

以前，她自己站在建邦的墓前，爲什麼不會有那種感覺？現在，她雖然有，但她也不知道是對建邦，還是對那割墓草的老人。

她感覺她對建邦一點都不了解，三年前如此，三年以後的今天還是如此吧。

「志毅。」

「媽，我口渴。」

「志毅，你向爸爸說一聲再見，到山下我買汽水給你喝。」

「再見，爸爸。」

「志毅，爸是好人嗎？」

「嗯。」志毅用力點點頭。

「你爸爸應該是個好人。」

明霞勉強說完了這一句話，自從建邦死後，第一次眞正地流了眼淚。

——一九六九年

湖

尤月仙把著槳，身子往後一靠，船輕輕地劃開平靜的水面。湖水是清澄的，空氣也是清澄的，有點涼意。

去年這一個日子，她曾和那個陌生人約會，要在今天這同一時刻，到那同一個地點見面。

雖然她也可以知道那個人的名字，她卻一直覺得沒有這個必要。只要她不忘記他，而她也不能忘掉他。

尤月仙看著手錶，是來早了。這麼大的一個湖，並不容易把握時間。

她慢慢地划著，他是不是已先到了那個地方？她不知道這是什麼性質的約會，反正是兩個人，一個男的和一個女的，去年這日子，偶然在那個地方碰頭，有一個人突然提議今天再見一次面。

爲什麼要見面呢？她不知道，他恐怕也不知道。

她知道自己是來早了。她曾經聽人家說，當男女約會的時候，更急於見人的一方，往往要先到。

從前，她和陳永泰約會，似乎也都是循著這個原則的。起先，每一次都是陳永泰先到，有時甚至比約定的時刻要早半個鐘頭。然後，不知從什麼時候起，陳永泰越來越遲，終於爽約不來了。

她懂得這種心理，她可以遲一點來，讓對方等她，反正對方是個男人。

她並不是急於見他。但她還是不願意遲到。

她輕輕地划著，時間還很多。湖面很平靜，汽油船的馬達聲雖然仍在遠處隱隱約約響著，她卻覺得那是屬於一個遙遠的世界。

尤月仙是屬於另外的一個世界。在那世界裏，也許還有一個人，那個人也許已早一步在那約定的地方等著她，或者就要來了。

她感覺到他。

她的心臟輕輕地跳動著。她想回頭看看，卻突然又忍住了，怕在那一回頭之間，失去了一切，失去了自己。

去年這個時候也是這種氣候，天上淡淡地掃著幾抹白雲，雖然還有一點陽光，卻柔和的像湖水，如果勉強要說出一點差別，就是湖水淺了些。

剛才，她在碼頭租船，出租船的那個中年人還瞅了她一眼。

「小姐一個人？」

「嗯。」她笑著說。她怕人家不租給她，也覺得今天不是一個發脾氣的日子。

她也想到問問他有沒有一個年輕的男人已租了船，但是她沒有。她願意這一件事只有她一個人知道。

「小姐要小心呀，今天是滿湖呀。」

「知道了。」她還是笑著。她覺得就是必須裝笑，也願意裝出來。

她向目的地直線划進，岸線時近時遠，划過了一個山岬，划進了一個水灣。

湖岸上，仍是一片鬱綠的樹林，一簇一簇倒映在湖面。前面那山岬一過，就是他們約會的地方吧。

她的心又砰砰地跳著，她並沒有什麼企求，卻還顯得有些激動。

這一年來，那個陌生人的影子一直在尤月仙的腦海中浮泛著。不知有過多少次了，在她的腦中浮起今天這一個日子。

她並沒有什麼企求，如果有，那就是想再見他一面。見他那瘦瘦的身材，配著一個瘦瘦的臉，顯得有些蒼白。

他身上穿著白色的襯衫，領帶從領口拉開，鬆鬆地掛著，入時的西裝上衣脫下來放在墊椅上。

他輕輕划了幾下，眼睛直直地望著前方。他好像不是來遊山、來玩水。她只覺得這是一個最孤獨的影子，浮泛在這寂靜的山湖裏，比她自己更孤獨。

尤月仙覺得，當時她是一個最懂得孤獨的人。陳永泰曾經一手把她摔開，把她推下孤獨的深淵。

「我有什麼不好嗎？」

「沒有，沒有，只是我們沒有緣分而已。」

「永泰，如果你對我有什麼不滿，請你告訴我，我會努力改進的。」

「妳並沒有什麼缺點。」

「你的意思是我們就到此爲止了？」

「當然我們還是好朋友。」

「朋友？」什麼是朋友呢？

陳永泰說他們是好朋友。她不知道什麼是朋友。也許是那些從半空中威壓著她的高樓大廈，也許是那些喧嚷的大小汽車。不然，就是那些平板的一張一張的臉孔，或者是天上的孤雲吧，不然就是大海裏的浪濤。也許，這明澄的湖水才是她的朋友吧。

也許什麼都不是。也許只有那些伸手永遠抓不住的空無吧。

她哭過，號啕地哭，一邊還握緊著拳頭猛搥自己的胸口。她也靜靜地哭過，把四肢伸直，舒舒泰泰地躺在床上低哭。

她覺得，自己好像在水中漂浮著，然後慢慢地沉下去，沉到泥土的水底。

「爲什麼呢？是不是他已找到了一個比我更好的小姐？」她輕輕咬著牙齒。

「如果是這樣，倒想看看她有多好。」

但是她沒有這樣做。她是怕連那最後的「友誼」都要失掉嗎？懦弱，她輕喊著。

她獨自跑到這個地方來。她是來尋找友誼嗎？不，那並不是友誼，但是她還是來了。以前，不知有過多少人了，但是那並沒有關係。也許那些人才眞正懂得她，才能眞正感到友誼吧。

她並不想創造歷史，她只要找一塊不知有多少人來過的乾淨的地方。爲這，她還要感謝那第一個投身下去的人。那個人是誰，現在大概已沒有人知道了，反正也沒有人會爲這個人立碑坊的。

她慢慢地划，慢慢地找，自殺如果有什麼好處，就是可以選擇一塊自己喜歡的地方吧。

這是一個她喜歡的地方。這裏有一泓平靜清澄的水，只要她輕輕地滑下，那清澄的水會立即把她吸進去，把她擁抱在平靜的懷裏。

就在這個時候，尤月仙看到了那個人孤獨的影子。

「他為什麼來這裏？難道和自己一樣？」

那個人好像對自己四周一無感覺一般，只是機械地划著。他好像沒有什麼目的，也好像沒有感覺到她。

他的船在湖面輕輕地划行。突然，他伸手到水面，俯下身子，好像在拉著什麼。尤月仙慢慢地划過去，他倒底在做什麼呢？他的臉色是那麼蒼白，他的眼神又是那麼陰鬱，一撮黑髮垂在前額。

他也是給人家遺棄了？或者是其他有什麼不如意的事，受了重大的打擊？反正，他是和自己一樣，心靈上受到了重大的創傷吧。

她把船划了過去。

她突然有一種奇怪的念頭。如果他也是來這裏找一個結局，她也可以陪他，可以用一條手帕把兩個人的手結在一起。

如果眞的這樣，世上的人會怎麼說呢？陳永泰會怎麼說呢？這樣子會不會比獨自一個人好呢？

但是她立即想回來，這太俗氣了吧。人家的看法又怎麼樣？死就一個人死吧，一個人死不了，還談什麼自殺呢？

她想把船划開，但是太遲了。他已看到她了，他不是正迎著她笑著嗎？

她既然不能逃避，就只好迎接他。她沒有想到在這種地方還會碰到人家，而現在只有兩個人。她也就機械地噏動了嘴角，算是回答人家。

「小姐，」對方竟開口了。

「嗯，」開始她有點怕，但是一想到自己來這裏的目的，心也自然鎮靜下來了。

「小姐，你來這裏做什麼？」

「你呢？」

「我的女朋友在這裏自殺了，我來弔她。」他低著頭說。

「呃，爲什麼呢？」

「我正在想，是不是跟她在一起……」

「不。」

「那妳爲什麼來呢？」

「……」

「我一看就知道，在這個時候，一個年輕的小姐怎麼會無端跑到這種地方來。」她想否認，但是又不能，她感到被窺到內心的羞澀，耳朵不禁紅起來了。

「他不要我了。」她低著頭說，耳根更紅了。她的聲音很低，但是她已是盡了最大力了。她有點懊悔又一次在人家面前把內心剖開了。

「也許妳會想，這時候如果有一個男人願意跟妳一起……」

她猛怔了一下。

在這種時候大家都會有這同樣的感覺吧，也會有同樣的期望吧。

「不，我願意一個人。」

「如果我也跟著妳，人家會怎麼想？」

「人家怎麼想我不管，我只知道自己做自己的事。」

「妳還是要……」

「你的女朋友怎麼會一個人跑到這種地方來？」

「她，並不是一個人來的。」

「那是跟另外一個人了？」

「嗯。」

「沒有其他的辦法嗎？」

「我也不知道。」

「你認爲兩個人比一個人更美？」

「至少，人家不會認爲是一個打了敗仗的人。」

「不會嗎？」

「也許會，至少程度有差別。」

「所以你要邀我，把一對陌生人用手帕綁在一起，讓人家有一種錯誤的感覺？」

「妳不願意嗎？」

「我不願意。」

「爲什麼？」

「美是美了，我卻也沒有這個必要。」

「但這時候，這種地方，妳不怕我用強？」

「用強？」她感到害怕，但是隨即又鎮靜下來。要用強就用強吧。反正是一個結果，最多，也許會給活人一種錯誤的感覺吧。這時候又有什麼關係呢。

「這算是對你那已死的朋友的一種報復吧？」

「……」

「我並不想報復，你既然要這樣，就隨便你吧。」

「妳不懊悔？」

「不。你把手帕拿出來吧。」

「不。」

「爲什麼？」

「我希望和妳做朋友。」

「做朋友？」她又想到了陳永泰的話。

「妳不願意嗎？」

「那你不想自殺了？」

「我不願意了。」

「兩個情場的失敗者，兩顆受傷的心靈……」她爲什麼這樣想呢？不，不，她在心裏狂叫著，她不願人家加入了自己的痛苦，她也不願意加入人家的痛苦。每個人有每一個人的痛苦。每一個人應該自己處理自己的痛苦。

「我不願意。」

「妳還是要死？」

「那是我的事。」

「如果我也死，妳不想阻止？」

「那你可以自己決定。」

「妳爲什麼要那麼自負，爲什麼要那麼自私？」

「自負？」「自私？」她不知道人家為什麼會把這些名詞加到自己身上來。

「也許。」也許這就是自私和自負吧。

「不，我不死了。」

「呃？」

「我的女朋友並沒有死，我根本就沒有女朋友。」

「什麼？」

「我已結婚了。」

「……」

「那些日子，報紙上登了一大篇社會新聞，說一個情夫刺傷了情婦，畏罪自殺的事件？」

「我沒有讀，不過我也知道。」

「那女人是我的太太。」

「你到底……」

「眞的，這才是眞的。」

「我不相信。」

「妳相信不相信都沒有關係。」

「那你打算怎麼辦？」

「如果是妳呢？」

「我可能原諒她，或者也可以和她分開。」

「我要原諒她，同時要和她分開。」

「我不相信你的話。」

「妳應該相信，如果妳看過報。我正在美國讀書，突然接到一張電報，要我馬上回來，一回來才知道家裏出了這一件醜事。」

「那你剛才爲什麼要騙我？」

「我覺得那要美一點。」

「美一點？」

「我從美國回來，那些記者就一直纏著不放。」

「所以你就一個人躲到這個地方來？」尤月仙向對方投了銳利的一瞥。

「嗯。」

「你剛才問我，我現在可以答覆你，你不要自殺。」

「爲什麼？」

「你好像沒有意思自殺。」

「我並不把自殺看得那麼動人。」

「那是因爲你並不懂得生命的意義。」尤月仙並沒有意思說，卻一口氣說了出來。

「正相反。當飛機飛過太平洋的上空，我看到底下一片浩茫的深綠色，我會想到如果一個人要死就該死在那個地方。當時，我一直不知道家裏發生了什麼事，因爲電報上什麼理由都沒有寫。我的心裏一直不安，我眞希望如果飛機失事，從那一、兩萬呎的高空墜進大海裏。人是渺小的，爲了要證明人的渺小，一個人最好不要留一點痕跡。我想妳會相信我的話了吧，妳也不會再說我不懂生命的意義了吧。」

「那你是說，這種地方還是不足道的？」

「但是並不是人人都可以死在那個地方。」

「那你就更應該原諒你的太太哩。」

「要原諒一個人並不困難。」

「妳也應該原諒他。」

「必須原諒他嗎？」

「妳不要再……」

「不要？」

「嗯，不要。」

「我為什麼碰到你呢？」

「懊悔嗎？」

「我不知道。」

「我很高興碰到妳。」

「呃。」

「也許我們沒有再碰頭的機會了。」

「那有什麼關係呢。」

「如果妳不反對，我倒有一個建議。」

「呃？」

「我們可以來一個約定，明年這一個日子，這一個時刻，仍在這個地方。」

「那時候，又不知大家會變成怎麼樣。」

「只要我們都還在。」

「為什麼一定要這樣？」

「為了紀念我們曾在這個地方相遇。」

「很美？」

「應該是很美。這本來就是一個很美的地方。」

對的，這是一個很美的地方，這是一個很美的時刻。尤月仙不禁在心裏叫著。

「不管是颳風或下雨。」

「不管是颳風或下雨？」

「不管到什麼地方去。」

「不管到什麼地方去？」

「好嗎，這個時刻？」

兩個人曾一起看錶，現在離開那時刻，還有二十分鐘。

能和一個自己所了解、也了解自己的人死在一起，也是很美的？如果能一起不死，也許更美呢。美麗的事並不是能常常碰到的。

尤月仙想著，把槳輕輕扳動著。

這一個角落仍然很幽靜。如果去年沒有碰到過那個陌生人，她現在會怎樣呢？也許這時候世界已沒有尤月仙這個人了。

她遠遠的看著那個水灣。他還沒有來，沒有關係。她是來早了，現在還沒有到那約定的時刻。

有時她把槳輕輕划著，有時就索性不動它，讓船漂浮在水上。她願意想想那個陌生的男人，也想想過去一年發生過的事。

只要她願意，她可以把那些報紙找出來看看。但是她沒有那麼做。

水很淸，也很深。圍繞著四周的，仍然是一片寂靜。她感到有些冷。

她想起了那有些蒼白的臉，不時牽動著嘴角、略帶神經質的微笑，還有每說三、兩句話，便伸出長長的手指輕捏一下鼻子的小動作。她都還記得很淸楚。

她又看看錶，約定的時刻已經到了，她仍然沒有聽到槳聲，她回頭看看寬闊的湖面。也許他會遲到。遲到也沒有關係。

她把船再往前划了一程，已可淸楚的看到岸上。岸上是一片樹林，在急陡的山坡上聳起。水線很高，有好多樹木都已半截浸在水中了。

她看看樹林裏，也許他會躲在那裏，爲了使她驚喜。樹林裏是有些幽暗的，樹根四周還長著罕有人跡的蕪草。

在這幽靜陰暗的角落，她覺得自己是渺小的，不過，她也同時覺得這世界是完全屬於她一個人，或者最多也只是屬於少數人的。

如果去年沒有碰到那個陌生人，她也許已不在了，也許她將會永遠屬於這一個地方。這一個地方固然很美，但是還是高興曾經遇到他。

她又看看手錶，秒針像流水，她覺得這平靜的湖水底下，有一股強大的暗流在流動著。

約定的時刻已經過去了，但是那好像也沒有什麼重要。她曾經期望能再見到他，現在還是這樣。他爲什麼還不來呢？他會不來嗎？

也許他已忘掉了。他會忘掉嗎？好像不大可能，因爲她一直沒有忘掉。

天色慢慢地轉暗，湖面上也吹起微微的風，湖水輕輕盪起一片銀白色的光。

他眞的不會來嗎？如果他不來，她要在這裏等他？一直等他？

他爲什麼不來？忘了？不可能的。和他太太和解了？原諒她了？那他也可以來呀。

也許他又去美國了，那是有可能的。那他爲什麼要和她約會呢？

去年，她也曾經懷疑過。他先是告訴她他的女朋友自殺了，來這裏憑弔她，後來卻又告訴她那一件轟動一時的社會新聞，說那個女主角便是他的太太。

到底哪一件事才是眞的？不可能兩種都是眞的吧。也許兩種都不是。

第一種，是和不是同樣有可能。他卻說不是。第二種，也是是和不是都有可能。那是報紙上登過的事，每一個人都會知道，只是她沒有讀過報紙。

如果兩者都不是，他也許就是和自己一樣是一個無條件被遺棄的人，他來這裏也只是和自己一樣尋求一條最簡便的解脫之路。

他爲什麼不來呢？他不是說過，不管是颱風，不管是下雨，明年這個日子，這個時刻，在這個地點。

他會以爲她不會來？還是因爲在這一年，事情又有了意外的轉變？

風吹著，微微的風，她感到有點冷，又把槳搖了幾下。去年，他們就在這個地點吧。她看到水上漂浮著什麼東西。她再把船划了一下。一個竹筒製成的浮標，在波裏輕盪著。她看到一根黑褐色的繩子繫在竹筒的中央，是什麼東西？

她記得去年曾經看到他在拉什麼，也許就是這一條繩子了。

她把全部繩子急急拉起，繩子很長，她急急地拉，不停地拉，棕褐色的繩子代表這湖水有多深吧。

終於她把全部繩子拉起，在那尾端用一只銀白色的鈎鈎，鈎著一隻透明的小蝦。

一看，她以爲放了那麼長的繩子鈎那麼小的一隻蝦子，但再注意一看，那隻透明的小蝦是死的，鈎鈎從背脊上鈎出。是一只死餌吧，她好像可以看到一只死餌靜靜地躺在湖底，等著。

它在等著什麼呢？等著一條更大的魚來吞吃它吧。如果它沒有碰到一條魚就會永久地躺在那裏，就會永久地等著嗎？

她把蝦子放在手掌上，它的顏色那麼淡，是原來就這樣，還是湖水使它失去了顏色？在湖底游來游去的魚從那裏經過，會不會發現它？那些漁夫會不會來把它換掉？

她楞楞地望著那透明的死餌。那個陌生人是不是也看過它？他看過的是不是也是這麼一只死餌？當他看到了它，是不是也有同樣的感覺？

「小姐，該回去了。」

尤月仙的心猛震了一下，抬頭一看，是一個駕著獨木舟的漁夫。

她把繩子全部抛回水中。她爲什麼感到害怕呢？是因爲冷，還是因爲那聲音來得太突然了。去年，她到這裏來，就已把生死置之度外，現在事過一年，她還會害怕，還會害怕什麼？怕死，還是怕這個地方太寂涼？

她望著那漁夫，他是從哪裏來的？他輕輕地划著獨木舟，是那麼輕捷，那麼穩定。也許他才是眞正屬於這個地方的吧。

她，還有那個陌生人都不是屬於這裏的吧。那漁夫說得對，她該回去了。

她又握緊著槳，才覺得手在發抖。

他不會來了，她也該回去了。

如果他已原諒他的太太，已經和解，那也好。

也許，他又回美國去了，那也好。當他再飛越太平洋的時候，是不是還會有掉進大海裏的感覺？

也許，這都是他揑造出來的故事，他根本就不是那個人。

這也是一件容易解決的事，只要她把舊報紙找出來看。本來，她那次回去就可以查一下，她沒有那麼做。

如果他不是那個女人的丈夫，他一定會害怕她揭開了他的謊言吧。

也許他的女朋友眞的在這裏自殺了，也許他根本就是一個完全被棄的人。

反正這些事都有可能，不管是哪一種，她實在不願意懷疑。她曾經懷疑過，但她不願意再懷疑。他沒有來是事實，但她覺得什麼才是眞的，已沒有什麼重要了。

她不知道他是什麼人，那也沒有什麼重要了。反正她碰過他，一個和她一樣受過創傷的人，而那個人她再也不會見面了。

他曾經那麼堅決地表示來赴會，卻沒有來。他應該有他的理由吧。

他是不是還在呢？也許這才是眞正的問題吧。

她用力把船划了一下，應該回去了吧。

如果去年她沒有碰到他，現在還會有人惦記她？

如果去年這一個日子，她能和他把手綁在一起，望湖心一躍，未嘗不是美麗的吧。

如果今天，他來了，兩個人又在一起，一起來回憶那一個日子，也許更美的吧。她要告訴他，這一年裏，她幾乎都在等待著這一個日子，如果能這樣，這山、這水對她都會有不同的意義了。

但美好的事，似乎又不是輕易可以企及的吧。

她扳著雙槳，身子往後一靠，望著湖心划出，湖的那邊已可以看到明滅的燈光。該回去了。

——一九六九年

在高樓

玉英坐在送嫁伴娘的桌子，斜睨著中間的一桌和留給新郎新娘的空位。

今天是崇德和雪貞結婚的日子，在這全市最高的喜馬拉雅大樓的最頂端，喜馬拉雅大餐廳擺設了將近三十桌，宴請各方面的親友。

玉英雖和崇德他們兩個人同事幾年，今天卻實在也沒有理由來參加這個婚禮。

「玉英，妳一定要參加，不然，就表示妳還在生我的氣。」崇德說。

誰還生你的氣？生你的氣又怎樣？玉英在心裏喊著。我不參加。

「玉英，我要妳做伴娘，已計算好了，無論如何請妳不要拒絕。」雪貞也來央求她說，眼眶裏已噙滿了淚水。

不，我不參加。玉英又在心裏喊著。還叫我做妳的伴娘？

但她還是無法拒絕，她來參加他們的婚禮，而且還做了雪貞的伴娘。

她有些懊悔，她把四周打量了一下。今天，客人也來了不少，一部分是公司裏的同事，玉英都認識，一部分是男方的親友，另外，大概也有一些雪貞的朋友。

已比預定的時間遲了一個多小時，新郎和新娘就要出來了吧。剛才，她還和他們一起在房間，幫他們準備，看新娘換衣服，仔細檢點一下她的化妝。

「要留一個人看看這些東西。」聽說，有一種人專門窺伺這種場合來偷東西的。

玉英希望留下來。但沒有人叫她，她也沒有開口。今天，已不知多少次了，她總偷偷地跑開。

今天，她一直覺得自己是一個尷尬而多餘的存在。大家正談得高興，往往會無緣無故突然靜默下來。尤其是崇德和雪貞。

那他們爲什麼偏偏請她來？爲了怕她「生氣」？她輕哼了一聲，她現在又爲什麼不走掉？她就是做不到。她既然答應了，不能再增加人家的不便。如果這時候，她突然跑掉，不是無端給人家增添不吉利？

她也要看看他們。自從她知道他們的事以後，她就常想，一定要睜著眼睛看看他們。祖母就常常說，要睜著眼睛看他們會有什麼好的結果。

這時候，樂隊突然奏出悠揚的結婚進行曲。玉英把視線一轉，看到崇德手挽著雪貞緩慢步出，配合著音樂的節奏，踩著紅色的地毯。

崇德穿著鐵灰色的西裝，身子挺直，比一向顯得高大、英俊。雪貞穿著淡紅色的旗袍，戴著長長的手套，肩膀上披著同樣顏色的披肩，微微低著頭。

玉英在房間裏就看過她，但現在，看她在大眾之間走起來，顯得更加豔麗。

玉英的視線又落到雪貞的小腹上。今天，她不知已多少次，把視線投向雪貞的小腹。她並不是故意，但自己的視線一碰到雪貞的小腹，就自然意識到自己的行動了。

「我已有小孩了。」那才是一個多月前，雪貞曾這樣告訴過她。

「那怎麼辦？」她也許應該說：「怎麼做這種事？」

「我也不知道。」

「只好趕快結婚。」玉英說：「對方是誰？」

「崇德。」

玉英實在不敢相信自己的耳朵。不久之前，崇德還和她約會呢。崇德也曾經要求過她，但她拒絕了，才經過多少時候，雪貞就懷了他的孩子。

雪貞怎麼可以做這種事？這是她的錯？還是崇德的錯？還是玉英自己的錯？

「怎麼可以做這種事呢？」玉英在心裏想著，她覺得拒絕崇德並沒有錯。想不到拒絕他以後，雪貞竟乘虛而入。「怎麼可以呢？」

但，現在又有什麼辦法呢？

「我可以和崇德結婚？」

「……」崇德應該是她的人，但現在她能怎樣？

「對不起。」雪貞說。

「這成什麼體統！」上一次，玉英學著人家，做了一件短一點的裙子，祖母看了，立刻叫了起來。「女孩子，成什麼體統！」

如果她像雪貞做了這種事，祖母一定會暴跳起來吧。

「妳說我該怎麼辦？」雪貞又問她。

「……」她仍然無法回答。她不知道應先安慰自己，還是安慰雪貞。

「我沒有辦法拒絕。」

「不要說了。」

「我可以和崇德結婚？」

玉英沒有回答，只是輕輕的點頭。那時候，她並沒有懷疑雪貞說的是否眞話。

崇德和雪貞齊著步伐走著，兩個人上身好像相貼著，只有腳在動著。有人向他們撒紙條，紙條像網子把兩個人網在一起，他們只是微笑著。

如果她當時順了崇德的要求，今天在崇德身邊的，應該是她玉英，而不會是雪貞吧。

那她爲什麼不答應？她怕人家知道？誰會知道？知道了又有什麼關係呢？雪貞還跑

來告訴她，好像生怕她不知道似地。

但她還是不會答應。就是現在能重新開始，她也做不到的吧。

但雪貞卻做到了，多麼輕易地做到了。

兩個人一齊走到前面台上。崇德仍然是挺著腰身，雪貞仍然略微低著頭。兩個人旁邊站著兩邊的家長和證婚人。他們背後是一盞橙紅色的雙喜霓虹燈，和貼滿著鈔票的母舅聯。

司儀開始說話，證婚人依例把兩位新人介紹給賀客，並且也照例把他們讚美一番。玉英一句話也沒有聽進去，只是雙眼死瞪著雪貞的小腹。雪貞的小腹微微突出，由胸部而下，劃著自然而優雅的曲線。

爲什麼要老是看那地方？玉英感到自己的臉紅了起來。也許那就是區別她們兩個人的地方吧。

然而，這是眞正的區別嗎？

今天，玉英不知道看過多少次雪貞的小腹了，而且也和其他送嫁小姐比較過，甚至包括她自己，總也沒有覺得雪貞的小腹和其他的人有什麼不一樣。

也許才只是一、兩個月，還看不出來吧。對這一點，她自己也不清楚，而這種事又不便去問人家。像這種事，她連母親都不敢問呢。

雪貞曾經告訴過她。這是她唯一的依據。這件事，就是崇德本人也沒有向她提起過。她相信不相信全是雪貞的一句話。

當時，她並沒有懷疑過雪貞。也許，雪貞是眞的有，她不應該懷疑。但她越來越不願意相信對方。她並不習慣於懷疑，但對這件事，她一直懷疑著，而且越疑越深。

她知道雪貞會說謊，只要有說謊的必要。

雪貞爲什麼說謊？如果她是說謊，爲什麼非說這麼大的謊不可？就一般人，就是眞的有這種事，還要想辦法瞞著人，而雪貞卻還告訴了她。

她實在無法了解雪貞的心理。如果有什麼理由，也許就是要她一下子死了這一條心吧。她只能找出這一個理由，而這也好像雪貞可以做到的吧。

她和雪貞同事這許多年，她知道雪貞的確可以做這一類的事。

雪貞少她一歲，也遲一年進公司。那時，雪貞是十七歲吧，和她一樣，一邊做事，一邊讀夜校。

雪貞一進公司，很快和同事們搞熟，尤其是一些年輕的男同事。她自然不便干涉。

過了不久，玉英注意到幾個男同事在替雪貞做功課。

有一位老科長替她寫大小楷。開始，可能是一時的興致，有一次，老科長叫她自己寫，她立即哭喪著臉，說她一寫，字就不一樣了。以後，老科長只好每次替她爭個甲等回來。

雪貞的幾何和代數是一位工專畢業的技師代做的，作文是由另外一位文學士操刀，可以說把公司的菁華集中起來，而她自己卻一心一意，把全副精神集中在準備公司裏的升職考試，天天練算盤，學打字。

雪貞還時常把自己的工作推給玉英。同事們都說玉英乖，雪貞懶。所以都喜歡叫玉英做。玉英做事認眞負責，抱怨也抱怨在心裏，無形中也增加了不少工作。

玉英勤奮的代價，除了大家說她乖以外，就是沒有考上升職考試，有些人也想替她說情，但這時候卻變成規定就是規定了。

當時，玉英很悲哀，眞想把這工作辭掉，但又覺得在別的地方不一定能找得到更好的差事，而且也實在不甘心辛苦了這三年。

她很忙，而晚來的雪貞卻仍在勤奮的練算盤，學打字，有時工作加重一點，就跑到科長那邊商量。

「科長，我跟您說，我實在忙不過來。」

科長也知道雪貞懶惰，但還是設法減少她的工作。

如果這是玉英，她也只有認命，她實在羨慕雪貞爲什麼有開口的勇氣。

第二年，她考取了正式職員，雪貞也同時考上。以前，她還有一日之長，但現在她連這優勢都沒有了，因爲她考試的成績還比雪貞的差一點。

本來，能夠升正式的職員就不錯了，也不必再去理會這些事。但有時，她也會覺得實在無法忍受。有些同事竟認爲雪貞的腦筋比她好。

最明顯的是陳和雄的事。有一次，人家送了她兩張電影院的招待券，她鼓了平生最大的勇氣，把它們轉送給陳和雄，他卻什麼也沒有考慮，立即邀雪貞去看電影了。

照理，雪貞就不應該去，因爲她曾經和雪貞偷偷地說過：「陳和雄這個人不錯。」她常覺得奇怪。人家爲什麼會喜歡雪貞，甚至於還超過她。是因爲雪貞敢在大家面前大聲唱歌，也敢在大家面前跳扭扭舞？

不管人家是不是眞的喜歡，雪貞也不應該橫刀搶走陳和雄。她和陳和雄本來也沒有什麼關係，只是無意中說了一句讚美的話，雪貞就揷足進來了。

崇德和陳和雄好像不同。崇德比較喜歡她。陳和雄一離開她，崇德就追起她來了。

後來，陳和雄辭職，到別的公司，也曾再打電話給她，她也只敷衍了一下，沒有再和他認眞過。

陳和雄走了以後，雪貞也想找機會接近崇德，但崇德好像不爲所動。

這一次，她已有了戒心，她一句話也不告訴雪貞，有時雪貞逼得緊，她也會心軟，但立即又咬定牙根，把說到喉嚨的話，再呑進去。

崇德和她的約會，很祕密的進行著。她甚至怕家人知道，尤其是那一位八十多歲的老祖母。

「變了，這世界全變了。」老祖母總是這樣叫著。

「玉英，妳不能這樣，像個什麼女孩子。」不知自什麼時候起，也不知聽過多少次了。

有一次，祖母看到她穿的裙子短到膝蓋以上，竟大罵起來。父親說現在的女孩子都這樣子，祖母不但不聽，反而連父親也罵在一起，說是「天地尾」，索性把自己關在屋子裏，怎麼也不肯再跨出門檻一步。

如果祖母知道她和一個男人在黑暗裏並肩走路，有時也拉拉手，一定又會斥罵她一頓吧。

她並不是怕祖母罵，其實祖母也很少罵她。祖母最疼她，也時常說她聽話，說有一天她出嫁的時候，一定要把自己那一對綠玉手鐲給她。

她並不是想要那對手鐲。祖母常說，她已活了那麼大了，什麼世面都見過了，現在只想玉英能早點出嫁。

但是今天出嫁的並不是她。

司儀已說了不少話，台上的人也做了許多動作，看來有點像演戲，也有點像眞實。

台上許多人，有的說話，有的鼓掌，有的行禮。

最後，是新郎和新娘向左右轉，面對面，遵照司儀的號令，深深地行了一鞠躬。兩個人抬起頭來，還交換了一個眼色，好像在他們兩人之間，再也不會有第三者介入了。

那他們爲什麼請她來呢？玉英想著。她來了，會增加他們一點什麼？她不來，又會減少點什麼？

禮成之後，新郎和新娘相偕入座。兩個人在入座之前，還都禮讓了一下，然後同時坐下來。

外面，一陣鞭炮的聲音，催著堂倌，奔也似地端出一盤一盤的大菜。

客人都好像飢餓已極，一齊舉筷，向撲鼻的佳餚進攻，只有玉英還是靜靜地坐著。

「來嘛。」旁邊的伴娘催她，她漫應了一聲，也伸手挾了一塊，又把筷子放下。

她望著崇德和雪貞的一桌。和她們同席的，大概是兩邊的家長和證婚人吧。崇德正在忙著向他們敬酒。聽說崇德酒量很好。今天，他會開懷暢飲吧。如果是她，也許會勸他少喝一點。但雪貞似乎沒有注意到。

她喜歡崇德，並不是因爲他長得英俊，也不是他有寬闊的肩膀。她喜歡他，是因爲他懂得尊重她，看得起她。他不同意別人的說法，說雪貞比她聰明。

結果呢，他還是無法擺脫雪貞。這她也要負一部分責任吧。

那大概是三個月以前的事。崇德約她看電影，散場以後，已是晚上十一點鐘左右了。

「我們去吃點東西？」

「不，太晚了。」

「那我們再到什麼地方走走？」

「眞的，太晚了。」

「我還可以送妳回去呀。」

「不，眞的，我沒有這麼晚回家過。」

「那我送妳回去。」

兩個人走到燈光較暗的地方，好像是一條小巷，崇德突然抓住她的手，往陰暗處一拉，另一隻手摟住她的腰肢，正想吻她。

「做什麼！」她驚叫了一聲。

「妳不喜歡？」

「不，不……。不是不喜歡。太突然了。」

「沒有關係，我們可以慢慢來。」

「不。」

「爲什麼。」

「不好意思。」

「總是要碰到的。」他把手用力摟住她。

「不，不……」

「只是吻一下。我們一起也快半年了，妳一直不讓我。」

「眞的，不要逼我。眞的。有一天，我會答應的。」

「妳已說過好幾次了。」

「我會答應的，眞的。」

崇德也不由她分說，把她壓到牆上，雙手捧著她的臉，把自己的臉湊過去。

「不要這樣！」她輕叫一聲，把崇德用力推開。她的聲音好像是斥責，也好像央求。

崇德再也不說話，一個人在前面走出了巷子，向她的家一直走。

她很懊悔當時爲什麼不答應他。也許，她很害怕。

那天晚上，他們兩個人好像都沒有再說過話。

以後，她在公司碰到他，一直想向他道歉，但一想道歉，就是等於答應，所以也不敢開口。

她沒有向他開口，他也沒有向她開口。有時，她看到他有些懊喪的樣子，也會覺得應該答應他。她也想過，如果他再要求，就答應他，正如他所說，總是要碰到的。但他再也沒有要求過她。

兩個人的關係，就這樣維持了一個多月，有一天，崇德突然找她說：

「今天晚上，我有一句話想對妳說。」

玉英到約定的地方，崇德已在那裏等著她。

「我不知道是不是應該對妳說。」

「……」太突然了，玉英也猜不出對方的意思，只是不停地心跳。

「我要和雪貞訂婚了。」

「……」她完全楞住了，也不知應該說什麼。

「很對不起妳。」

「恭喜你們。」她只是輕輕的說出這幾個字，幾乎連自己都聽不淸楚。

「玉英。」崇德說。

崇德爲什麼放棄她呢？難道是爲了那天晚上的事？如果是爲了這件事，她可以答應他，現在就可以答應他。甚至……那最可怕的事，她連想都會不自在的事。爲了和雪貞競爭，爲了從雪貞手裏再把崇德奪回來，她甚至於……她這樣想著。也許，雪貞已早她一步，但那也沒有關係，她只要爭這一口氣，她什麼都可以做，就是現在這個時候，雪貞可以做的，她都可以做，甚至於雪貞不能做的……

「不要再說了。」她說，這卻是唯一可以說的。

玉英把視線轉向坐在他旁邊的雪貞。她已不再低著頭了，她雖然不大說話，嘴角卻總是輕漾著微笑，有時人家勸酒，也輕吮一點，好像已完全把別人忘記了似的，在她身上，也完全看不到她向玉英說話時的神態。

「玉英，妳不要氣我。」

「崇德已對我說過了。」

「我已有孩子了。」

「……」

「我沒有辦法抵抗。」

「……」

「他把我壓住。」

「不要說了！」玉英厲聲說：「我不要聽！」

她曾經想告訴崇德，甚至於雪貞做不到的，她都可以做。但現在，她知道自己還是差太遠了。甚至她連想像都不敢想像的，雪貞還是會照做。

她不願意相信雪貞已有了孩子，也許只是想使崇德沒有選擇的餘地。但不管她有沒有小孩子，也不管自己相信不相信，今天做新娘的人，卻千眞萬確的是雪貞。

這只是她的目的。她不知道雪貞在這五、六年，爲什麼一直以她爲競爭的對手。自工作、考試，以至於婚姻大事，一點都不放鬆。

雪貞說她無法抵抗。誰相信？說不定還是她引誘崇德呢。雪貞所以要對她說有孩子，也不外想使崇德更相信她，使對手變成了證人。

自從她最後和崇德見面以後，也曾有幾次衝動起來，想跑到崇德面前，大聲對他說：

「我也願意，只要你命令我！」

但她立即責備自己不要那麼下賤。

人家要先乘車再補票，是人家的事，自己卻必須規規矩矩先買票。

以前，她連心裏都不敢有的念頭，以前連想也會心跳耳紅的字眼，現在居然也會在她的腦際盤桓了。

她聽了雪貞的話，回到家裏曾躲在自己的房間大哭一場。她並不是不如雪貞，只是因爲雪貞可以隨時把她認爲神聖的，輕易的奉獻出來，她卻無法做到。

「但這也只能一次。」也許會有人說。

雖然是一次，對玉英卻是致命的一次，她要到哪裏再找一個理解她，比理解雪貞更多的人？雪貞是一個勝利者。

「不錯，她是一個勝利者，卻不是一個完完全全的。爲了今天的勝利，她犧牲了以後所有勝利的機會。她已沒有選擇了。」

她已沒有選擇了。不錯，這也可以算是一種安慰。但她卻偏偏選擇了崇德。崇德不算什麼。她想說服自己，但她知道自己的力量多麼薄弱。

打一次敗仗並不算什麼，但她卻以爲以後打一百次，甚至於一千次一萬次的勝仗，也抵不過這一次的慘敗。

她再回頭過去，看著勝利者。崇德和雪貞都已站起來，正準備向各桌敬酒。

他們兩個人，好像就要向她這邊走過來了，就要向她敬酒了。他們會對她說些什麼呢？

她忽然也站了起來。她覺得，本來正注視著新婚夫妻的客人，這時都一齊把視線集中到她身上。

「玉英。」好像有人叫她，但她認不出那聲音。

她匆忙地，從人羣中鑽了出去，走到樓梯口。突然有一陣冷風迎面吹過來。她這才回憶起來，原來外邊還是冬天。

她緩緩地走到陽台上。天上沒有月，也沒有雲，只有許多星星。也許天氣一冷，天就顯得更黑吧。

陽台上只有她一個人。她把視線向四周掃視一下，眼前是一片燈光。她信步走到欄杆邊，往下一望，也是一片燈光。只有燈光，沒有聲音。起初，她還不清楚，一想之後才知道都是汽車的燈光。一邊全是黃色光亮的前燈，另有一邊紅色的是後燈。從這高處看，才知道全市竟有那麼多的汽車。

聽說，這「喜馬拉雅」是全市最高的大樓。但她定睛一看，在這大樓右側的黝黑處，也有個大樓的構架，浮雕著黑色的影子。她不知道這新的大樓會不會比這喜馬拉雅還高一些？也許會，也許不會。但那有什麼關係。

對祖母來說，屋前五尺高的圍牆已夠高了。從前，她有一次爬上那圍牆去撿羽毛球，祖母就大喊起來。現在祖母是不是也知道自己就站在全市最高的地方？如果知道，還喊得出來嗎？

她望著底下那絡繹不絕的汽車。祖母一向怕暈車。她甚至願意走五個小時的路，也不願意花五塊錢去坐車。

她抬頭望望天空，再低頭望望馬路。天很高吧，她沒有什麼感覺。但當她往下一望，這一次，不知爲什麼，她感到頭暈，好像整個人就要倒栽下去。

——一九六九年

國家圖書館出版品預行編目資料

水上組曲 = The river suite / 鄭清文著. --
初版. --臺北市 : 麥田出版 : 城邦文化發
行, 1998[民 87]
面 ; 公分. -- (鄭清文短篇小說全集 ;
1)

ISBN 957-708-596-2(平裝). -- ISBN 957-
708-595-4(精裝)

857.63 87003957